Prolog

Das Buch „Time Knights" hat eine lange Geschichte. Die Idee hatte sich schon 1992 in meinem Kopf festgesetzt. Insgesamt habe ich mehr als 16 Jahre gebraucht um es zu vollenden. Immer wieder verließ mich die Lust. Daher gilt mein Dank besonders all denen die mich immer wieder ermutigt haben es endlich weiter zu schreiben und zu beenden. Mein ganz besonderer Dank gilt meinem besten Freund Frank Dammeyer, der mich nicht nur zu diesem Buch inspiriert hat, sondern den Werdegang des Buches über die gesamte Zeit begleitet hat und immer wieder mit Anregungen und Ideen geholfen hat, das Buch zu dem zu machen was es ist.

Manche Namen in diesem Buch sind nicht rein zufällig sondern bewusst gewählt worden. Das ist mit den betroffenen Personen auch abgesprochen. Alle anderen Namen, Personen und Begebenheiten sind reine Fantasie und rein zufällig verteilt worden. Ähnlichkeiten mit lebenden Personen sind rein zufällig und nicht beabsichtigt.

Jetzt wünsche ich dem geneigten Leser aber endgültig viel Spaß bei der Lektüre der folgenden Seiten.

Ihr Mario Schäfer

Hövelhof, 2008

Impressum:
© 2008 Mario Schäfer
Herstellung und Verlag: Books on Demand GmbH Norderstedt
ISBN-13: 9783837044713
Bibliografische Information der Deutschen Nationalbibliothek:
Die Deutsche Nationalbibliothek verzeichnet diese Publikation in der Deutschen Nationalbiografie; detaillierte bibliografische Daten sind im Internet über http://dnb.d-nb.de abrufbar.

Time Knights OWL
von Mario Schäfer

Kapitel 1

"Urlaub. Ruhe vor der Firma. Endlich einmal die Füße baumeln lassen und den lieben Gott einen guten Mann sein lassen. Es wurde Zeit endlich einmal richtig auszuspannen.", dachte Peter Pollmeier als er sich genüsslich im Sofa rekelte. Er sah kurz auf den Kalender. Es war der 10. April 1994. Also noch eine ganze Woche Urlaub übrig.

Er hatte es auch nötig. Nach einem langen dreiviertel Jahr ohne Urlaub in seiner Firma, einer bäuerlichen Genossenschaft, hatte er es endlich geschafft seinem Chef zwei Wochen Urlaub abzuringen. In der ersten Woche hat er nur gefaulenzt und sich richtig erholt und die zweite sollte genauso werden. Er konnte nicht ahnen, dass sein Leben sich von Grund auf verändern sollte.

Als er kurz davor war auf dem Sofa einzuschlafen, klingelte das Telefon. Als Peter ranging, meldete sich sein guter Freund Christoph: "Tach auch! Was liegt an bei dir?" "Bis jetzt nichts. Warum? Was hast du vor?" "Komm vorbei. Markus ist auch hier und was wir vorhaben, wirst du schon sehen." „Also gut, Ich komme." Mit einem lauten Stöhnen erhob sich Peter von seinem Sofa. Er ging ins Bad und wusch sich ausgiebig. Die Müdigkeit, die ihn kurz zuvor befallen hatte, wollte nicht so recht weichen. Er zog sich seine Jacke an und steckte sich drei Schachteln Zigaretten ein. Als würde er ahnen, das er bald keinen Nachschub mehr bekommen sollte. Er setzte sich ins Auto und trat aufs Gas. Es ging auf 21.00 Uhr zu und es wurde schon dunkel draußen. Der Himmel war bewölkt und die ersten Regentropfen fielen auf die Windschutzscheibe. Der Asphalt glänzte im matten Licht der Straßenbeleuchtung. Die Reifen rumorten laut auf der schlecht geteerten Strecke. Christoph wohnte in einem kleinen Vorort von Bielefeld. Die Strecke betrug etwa 30 km quer durch kleine Orte.

Christoph wohnte noch bei seinen Eltern. Sein Vater war Küster in der dortigen Kirche und seine Mutter arbeitete als Hauswirtschafterin in einer Alten-Wohngruppe. Also eine ganz normale Familie, wie die von Peter auch. Keiner von beiden hätte sich träumen lassen, was ihnen die Zukunft bescheren sollte.

Gegen 21.25 Uhr erreichte Peter das Haus seines Freundes. Die Parkplätze vor dem Haus waren alle voll. In der Kirche war wieder einmal Hochbetrieb. Wahrscheinlich war Christophs Vater auch da. Einige hundert Meter vom Haus entfernt fand Peter dann doch noch einen Parkplatz. Als er durch den Regen zum Haus von Christoph ging musste er daran denken, was die beiden schon alles zusammen erlebt haben. Kennen gelernt hatten sich die beiden durch ihre gemeinsame Berufsschulzeit in Münster. Es war Freundschaft auf den ersten Blick. Peter hat eine so schnell entstandene Freundschaft nur sehr selten erlebt. Trotz der relativ großen Entfernung wurden sie die allerbesten Freunde und sind es durch dick und dünn geblieben.

Peter ging gerade durch einen kleinen unbeleuchteten Gang am Haus des Pastors vorbei als er merkte dass ihm da etwas Ungewöhnliches entgegenkam. Zwei weiße Lichter sah Peter in der Dunkelheit auf sich zukommen. Da dies ein Fußgängerweg war konnte es kein Auto sein. Die Lichter waren ziemlich weit auseinander. Das konnte nur bedeuten, dass es sich um ein ziemlich breites Fahrzeug handeln musste. Das Fahrzeug kam näher und Peter hatte keine Ausweichmöglichkeit. Das was auf ihn zukam, sah aus wie etwas aus einer anderen Welt. Peter dachte noch so bei sich: "Es ist schon unheimlich was einem diese Dunkelheit so vorgaukeln kann.", da hörte er auf einmal ein Geräusch das sich anhörte, als ob Metall auf Metall schrappen würde. Die Lichter kamen immer näher und Peter begann zu laufen. Er wusste das dass Fahrzeug schneller war als er und wenn es nicht anhielt konnte er niemals rechtzeitig das Ende des Weges erreichen. Peters Herz fing an zu rasen. Er war es nicht gewohnt so schnell zu laufen. Seitenstechen setzte ein und bald bekam er kaum noch Luft, aber er rannte weiter auf das Ende des Ganges zu. Dicht hinter sich hörte er das metallische Kreischen. Vor ihm tauchte langsam aber sicher eine Straßenlaterne auf - das Ende des Weges. Doch die Geräusche waren bereits so dicht hinter ihm das er es nicht mehr schaffen konnte. Er blieb stehen und sah dem Unausweichlichen entgegen. Erst jetzt konnte er erkennen, vor was er die ganze Zeit weggelaufen war. Auf der anderen Seite des Weges, auf dem angrenzenden Friedhof, überholte ihn ein Gärtnerfahrzeug das am späten Abend noch über den Friedhof rauschte. Kaum das es ihn überholt hatte, blieb es stehen. Eine bekannte Stimme durchstieß die Dunkelheit. " Mein Gott, vor was läufst du denn weg. Ich habe dich ja noch nie so rennen sehen" Es war Christoph der mit seinem Freund Markus auf diesem Gärtnerwagen saß. "Wir haben dich bereits vor einer geraumen Weile erkannt aber du bliebst ja einfach nicht stehen." Peter konnte es nicht fassen, er war vor einem Gärtnerfahrzeug geflüchtet das mit seinen eigenen Freunden besetzt war. Langsam beruhigte sich sein Herz wieder und seine Lungen füllten sich wieder mit köstlichem Sauerstoff. Nur seine Hände waren immer noch am zittern. Zusammen gingen die drei Freunde in Christophs Zimmer hinauf und tranken sich erst einmal in aller Ruhe ein Glas Wein. "Was habt ihr denn mitten in der Nacht noch auf dem Friedhof gemacht? Etwa Leichen gefleddert?" fragte Peter seine beiden Freunde. "Aber nein", erwiderte Christoph, " wir haben uns nur ein ganz besonderes Grab angeschaut. Erinnerst du dich an die große Gruft bei der wir schon einmal überlegt haben, ob wir der nicht mal einen Besuch abstatten sollen?" " Klar" "Na also, und wir haben uns überlegt ob wir das nicht einmal in die Tat umsetzten sollen. Mit Markus´ Wagen haben wir eben schon einmal das Werkzeug an Ort und Stelle gebracht." Peter Gesicht sprach Bände. Seine Stirn legte sich in Falten und seine Augen wurden zu Schlitzen. Er strich sich mit dem Zeigefinger über seinen 3-Tage-Bart. Bei Peter ein Zeichen dafür das er nachdachte. Er sah seine Freunde nacheinander durchdringend an bevor er sagte:" Ich sehe in euren Gesichtern das ihr das wirklich ernst meint. Ihr kennt mich gut genug um zu wissen,

4

das aus mir eigentlich immer die Stimme der Vernunft spricht, aber ich habe das damals gesagt, wenn auch nur aus Spaß, und ich stehe zu meinem Wort. Und sei es nur, um euch daran zu hindern zu weit zu gehen. Also gut, ich komme mit."

Sie zogen sich ihre Jacken an und verließen das Haus. Die Jackenkragen hochgeklappt gingen sie langsam auf den Friedhof zu. Als würden sie bereits jetzt etwas Verbotenes tun, schlichen die drei mit zitternden Knien durch das Friedhofstor. Leicht ängstlich sahen sie sich nach links und rechts um. Die Glocken der nahen Kirche begannen zu läuten. Ihnen war bewusst, das die Kirche gleich zu Ende sein musste. Unentdeckt gelangten sie zu der bewussten Gruft. Markus flüsterte: " Wartet, ich kenne mich hier am besten aus. Ich werde erst einmal gucken wo sich das Grab öffnen lässt." Er schlich um das Grab herum und tastete einige Minuten lang im Schein seiner kleinen Taschenlampe umher. Der Grabstein war mit Moos und Dreck überwuchert. Er wurde bereits seit vielen Jahren nicht mehr gepflegt. Auf einmal sahen sie Markus winken. Sie schlichen zu ihm rüber. "Hast du den Eingang gefunden?", fragte Christoph. "Psst", zischte Markus, und bedeutete ihnen noch einmal in Deckung zu gehen. Dann sahen auch Christoph und Peter warum. Ganz in der Nähe gingen einige Kirchgänger über den Friedhof und unterhielten sich leise. Die drei Abenteurer hatten keine Lust sich unangenehmen Fragen auszusetzen, und so verhielten sie sich äußerst leise. Zwei Minuten später waren die Leute außer Hörweite und nun begannen sie alle drei nach dem Eingang zu suchen. Am Ende war es Christoph, dem es gelang eine dünne Fuge an der Seite der Gruft zu entdecken. Schnell holten sie ihre Brecheisen, und setzten sie an. Sie drückten mit aller Kraft, aber es gelang ihnen nicht auf Anhieb. Erst als sie schon kurz davor waren aufzugeben, gelang es ihnen mit einer letzten Kraftanstrengung, den großen Türstein zumindest einen Zentimeter weit zu bewegen. Durch diesen Erfolg motiviert, setzten sie ihre Brechstangen erneut an und nachdem der Anfang gemacht war, ging der Rest auch deutlich einfacher. Mit einem letzten Ruck ging die Tür soweit auf, das man mit den Fingern dahinter packen konnte. Mit vereinten Kräften gelang es Ihnen die Tür immer weiter aufzuziehen. Die Angeln quietschten schrecklich und die Angst jetzt erwischt zu werden zerrte an ihren Nerven. Die Tür war jetzt soweit offen, das sie sich hindurchzwängen konnten. Ihre Brecheisen nahmen sie mit in die Gruft und versuchten damit die Tür zumindest wieder soweit zu schließen, das es nicht sofort auffiel. "So,", sagte Peter, "dann wollen wir mal. Wir sind jetzt bereits soweit gegangen, jetzt ziehen wir die Sache auch gemeinsam durch." Sie sahen sich noch einmal an, dann stiegen sie hinab in die Dunkelheit des unheimlichen Grabes.

Kapitel 2

Sie kamen nur wenige Schritte weit. Die Dunkelheit legte sich über sie wie eine Decke. Sie hatten das Gefühl als würden tausend gierige Finger nach ihnen greifen. Mit zitternden Fingern knipsten sie ihre Taschenlampen an. Die Dunkelheit verschwand, aber das ungute Gefühl blieb. Langsam gingen sie die Treppen hinunter. Die Stufen waren aus altem baufälligem Holz. Sie knarrten bei jedem Schritt. Besonders der übergewichtige Peter hatte arge Bedenken, das die Stufen unter seinem Gewicht nachgeben könnten. „Wenn es gleich einen lauten Knall gibt, dann bin ich das. Lasst mich dann einfach da liegen. Dann können sich meine Eltern die Beerdigungskosten sparen.", sagte Peter. Die Freunde mussten schmunzeln. Durch diesen kleinen Witz konnten die drei Freunde einen Teil ihrer langsam aufsteigenden Panik unterdrücken. Die Strahlen der Lampen bewegten sich in der Gruft hin und her. Dieser Ort musste gebaut worden sein, um mehreren Generationen einer Familie als letzte Ruhestätte zu dienen. Immer wieder stießen sie auf leere Grabkammern die noch nie benutzt worden waren. Diese Grabstätte war von innen viel größer als man vermutet hätte. Der halbe Friedhof war von den Baumeistern ausgehöhlt worden um dieses Bauwerk zu schaffen. Je weiter sie vordrangen, desto mehr verloren sie ihre Angst. Die Neugier siegte. Die Grotte ähnelte einem Labyrinth. Es ging treppauf und treppab. Nachdem sie etwa 5 Minuten gelaufen waren, kamen sie in eine große Grotte, die anscheinend den Abschluss bildete. An den Decken und an den Wänden fanden sie bizarre Fratzen, die aus dem Stein gemeißelt worden waren. Eine sah schrecklicher aus als die andere. "So etwas habe ich noch nie gesehen. Es ist unfassbar. Jeder Archäologe hätte seine helle Freude an dieser Gruft. Ich fühle mich sogar fast wie Indiana Jones." Man merkte dass Peter immer lockerer wurde. Er, der eigentlich der kritischste von allen war und alles immer erst zehnmal analysierte bevor er etwas tat, war von dem Abenteuer und der Spontaneität sichtlich hingerissen. Seine Freunde hatten ihn noch nie so gesehen.

Immer noch standen sie am Eingang der Grotte und betrachteten das Wunderwerk architektonischer Baukunst. Es war Christoph der als erster das Schweigen brach: "Sollen wir hier nur rum stehen, oder fangen wir endlich an hier ein bisschen herumzustöbern?" Das war der Anstoß, den die anderen beiden brauchten, um auch endlich aktiv zu werden. Sie verteilten sich im Raum und fingen an sich umzusehen. Peter war der erste der die eigentliche Unordnung entdeckte. "Kommt mal hierher und seht euch das an." rief er, "Die Sargdeckel sind alle auf, und die Skelette liegen auf dem Boden verstreut. Hier liegen noch einige Dinge rum die auf Grabbeilagen schließen lassen." "Das müssen Grabräuber gewesen sein, und das hier bei uns", sagte Christoph ganz entsetzt. Auch Markus kam jetzt hinzu, aber sein empfindlicher Magen reagierte auf den Anblick etwas anders als erwartet. Plötzlich spurtete er los zur anderen Ecke des Raumes und fing an sich zu übergeben.

"Ach du meine Güte. Eigentlich mussten wir ja damit rechnen, das dass einer von uns nicht so recht verträgt, aber ich dachte eigentlich, das ich derjenige wäre.", sagte Peter zu Christoph, als sie langsam auf Markus zugingen. Er hob langsam wieder seinen Kopf und sah die anderen aus feuchten Augen an. "Tut mit leid Jungs, aber diese vielen Toten waren mehr als mein Magen verkraften konnte. Ich hatte eigentlich damit gerechnet, dass wir hier auf zwei oder drei Särge stoßen würden, aber nicht auf ein riesiges Massengrab, das unterirdisch den halben Ort umfasst." Damit sprach er aus was alle dachten. Sie hockten sich in eine Ecke und fingen an darüber zu diskutieren.

"Mein Vater hat mir einmal erzählt dass es Gerüchte gibt, nachdem früher die Priester aus dem gesamten Raum Bielefeld in einem Grabmal beerdigt wurden. Aber heute weiß keiner mehr genau wo sich diese Grabstätte befunden haben könnte." "Das wäre eine Erklärung. Weiß denn einer von euch was auf der Grabinschrift steht?", fragte Peter. Da Markus auf dem Friedhof arbeitete, war er es der die Antwort wusste. "Es gibt keine Grabinschrift, auf die man sich stützen könnte. Nur das große Kreuz steht noch oben. Wenn es

8

eine Inschrift gegeben hat, ist sie inzwischen total verfallen." "So kommen wir also nicht weiter. Vielleicht sollten wir einigen Archäologen Bescheid sagen. Denen müsste es doch möglich sein etwas herauszufinden.", sagte Christoph. Markus sah ihn an als hätte er ein Gespenst gesehen als er erwiderte: "Das würde aber auch bedeuten, das wir zugeben müssten hier eingebrochen zu sein. Wie sollen wir das erklären. Das könnte mich meinen Job kosten obwohl ich bei meinem Vater angestellt bin. Stellt euch die Schlagzeile vor: „Der Friedhofsgärtner Markus Lange von der Gärtnerei Lange und Sohn, sowie der Sohn des Ummelner Küsters, Christoph Stollmann, brachen in eine Gruft auf dem Ummelner Friedhof ein und störten die Totenruhe. Dabei machten sie eine sensationelle archäologische Entdeckung." Dabei kommen auch unsere Familien in riesige Schwierigkeiten. Der einzige der ungeschoren davonkommt ist Peter." Beide sahen Peter an, als er antwortete: "Das glaubst aber auch nur du. Meinst du etwa meine Firma ist erbaut darüber, das einer ihrer Logistiker als Grabschänder in allen Zeitungen steht. Im besten Fall bekomme ich nur eine Abmahnung, aber man weiß ja nie."

Alle drei schauten sich betroffen an. Ihnen war klar, dass sie in einer Zwickmühle saßen. Sie konnten ihre Entdeckung keinem mitteilen, ohne sich selbst der Gefahr auszusetzen. "Also lasst uns die ganze Geschichte einfach als nettes kleines Abenteuer abhaken und hier verschwinden, bevor man uns doch noch entdeckt. Wir können uns dann immer noch überlegen, ob wir vielleicht einen anonymen Brief schreiben, denn auf die Idee sind wir noch gar nicht gekommen.", kaum hatte Peter ausgesprochen, da hörten sie ein lautes Knirschen und sie alle wussten sofort woher sie dieses Geräusch kannten. Es war die Tür der Gruft. Markus sprang sofort auf und spurtete so leise wie möglich die Treppe rauf. Christoph und Peter gerieten bereits in Panik: „Mist", flüsterte Peter, „ hätte ich mal auf meine innere Stimme gehört. So eine Wichse. Jetzt erwischen die uns doch noch." „Halt die Klappe, sonst erwischen die uns sogar ganz sicher."

Diesmal war Christoph der ruhigere von beiden und versuchte beruhigend auf Peter einzuwirken.

Nach wenigen Minuten kam Markus leise wieder runter und berichtete: "Da oben steht ein älteres Ehepaar und ist total aufgebracht. Der Mann ist oben geblieben und hält Wache während die Frau losgelaufen ist um deinen Vater zu holen." Er sah Christoph an und man konnte ihm ansehen, dass ihm der Gedanke nicht behagte hier von seinem Vater erwischt zu werden. "Wir müssen versuchen hier ein Versteck zu finden. Los, verteilt euch!" Sie trennten sich. Einer wie der andere fingen sie an die Gruft nach einem möglichen Versteck abzusuchen. Es war Markus der in seiner Panik nicht aufpasste und plötzlich über eines der Skelette stolperte und dann rückwärts in das nächste Grab fiel. „Oh Schitt", schrie er. Irgendetwas musste noch in dem Sarg liegen, denn als er aufprallte spürte er einen stechenden Schmerz in seiner linken Schulter. Er schrie laut auf vor Schmerzen. Er spürte dass etwas sehr hartes unter ihm liegen musste. Der Schmerz raubte ihm beinahe die Besinnung, aber seine Freunde waren schon bei ihm und halfen ihm heraus. Als seine Gedanken wieder klar wurden, sah er, dass Peter bereits aktiv geworden war. Er untersuchte den Sarg mit der gebotenen Sorgfalt. Das worauf Markus gefallen war, entpuppte sich als ein rechteckiger Stein mit einer Höhe von etwa 10 Zentimetern. Auf der rechten Seite befand sich ein kleines Loch das gerade reichte um einen Finger hineinzustecken. Mit einem etwas mulmigen Gefühl tat Peter auch genau das. Er sagte: "Hier tut sich was. Ich bin erst auf Widerstand gestoßen, konnte ihn aber ein wenig eindrücken; wie ein Knopf."

Kaum hatte er ausgesprochen, als ein Rumoren unter ihren Füßen, den jungen Abenteurern zeigte dass etwas im Gange war. Sie sahen, wie sich die Bodenplatte des Grabes zur Seite schob und den Blick auf eine in Stein geschlagene Treppe freigab. Keiner wusste wohin sie führte und was sie dort erwartete. Gerade als der erste etwas sagen wollte hörten sie von oben ein Stimme:" Ist da unten irgendjemand? Wenn ja, so sei Ihnen gesagt dass die Polizei jeden Moment hier sein muss."

"Das ist mein Vater.", flüsterte Christoph. "Na dann haben wir wohl keine andere Wahl. Nach euch!", sagte Peter und deutete auf die Treppe. Markus war der erste der seine Scheu überwand und die Treppe hinunter stieg. Christoph und Peter folgten ihm. Kaum unten angekommen hörten sie wieder Stimmen von oben. Sie konnten sie nicht verstehen, aber man merkte dass sie näher kamen. Peter sah sich um und fand an der Wand eine Nische mit einem Stein ähnlich dem, den sie in dem Sarg vorgefunden hatten. Er drückte den Knopf ein und das Loch über Ihnen schloss sich.

Kapitel 3

Es wurde dunkel um die drei Freunde. Die Taschenlampen hatten sie abgeschaltet, als sie die Tür geschlossen hatten, damit ihr Lichtschein nicht durch eventuelle Ritzen dringen konnte; denn dann hätten sie sich verraten. Sie lauschten gespannt auf Stimmen aus der Gruft, aber sie konnten nichts hören. "Dieses Tor scheint besser zu schließen als wir gedacht hatten. Ich kann nichts hören und trotzdem bin ich sicher das dein Vater da oben ist und nach uns sucht." sagte Peter zu Christoph. "Ich denke", fuhr er fort, "wir können die Taschenlampen jetzt wieder anmachen. Wenn wir nichts hören, wird uns auch niemand sehen, denn hier drin ist es dunkler als in einem Hühnerarsch." Sie schalteten die Lampen wieder an, und sahen sich um. Die Treppe die sie heruntergekommen waren, mündete in einen langen Gang, dessen Ende sich in der Dunkelheit verlor. An der Wand hingen einige alte Fackeln. Erstaunlicherweise waren sie durch und durch trocken. Peter nahm eine von der Wand und zündete sie an. Als ihn die Gefährten erstaunt ansahen, meinte er: "Auf diese Art und Weise können wir die Energie unserer Taschenlampen sparen. Euch ist ja wohl klar dass wir hier erst einmal eine längere Pause einlegen müssen, ehe wir uns wieder rauswagen können." Man merkte seinen Gefährten an, dass sie erst über seine Worte nachdenken mussten ehe sie begriffen was er meinte. Markus war der erste der das Schweigen brach: "Ich fürchte du hast recht, Peter. Es wird erst die Polizei gerufen und die werden alles untersuchen. Vielleicht sperren sie sogar alles ab und lassen eine Wache zurück." Markus war kurz davor in Panik zu geraten. Es gelang seinen beiden Freunden ihn zu beruhigen, indem sie ihn davon überzeugten, dass keiner damit rechnen würde, dass sie aus einem geheimen Versteck hervorkommen.

Um halb drei war es dann soweit. Nachdem sie sich stundenlang die intimsten Geschichten aus ihrem Leben erzählt hatten, beschlossen sie es jetzt zu wagen. Für alle Fälle, hatten sie sich in den letzten Stunden auch bereits überlegt was sie der Polizei erzählen sollten, aber es fiel ihnen keine befriedigende Lösung ein. Sollten sie geschnappt werden, würden sie halt dafür büßen müssen. Wieder war es Peter, der es übernehmen musste, den versteckten Mechanismus zu betätigen. Er drückte den Knopf ein und nichts geschah. Er versuchte es wieder und wieder aber die erhoffte Wirkung stellte sich nicht ein.

Wieder und wieder drückte Peter den Knopf, aber es trat keine Wirkung auf. "Lass mich mal!", rief Christoph. Peter machte ihm Platz. Mit aufsteigender Panik probierten nacheinander auch Christoph und Markus ihr Glück. Allerdings ergebnislos. Mit bedröppelten Gesichtern ließen die drei sich auf den Boden sinken. Ratlosigkeit machte sich breit. "Was sollen wir denn jetzt nur tun?", fragte Markus. Keiner von Ihnen hatte ein Idee, außer natürlich, dem Gang zu folgen und zu hoffen das man irgendwo rauskommt.

Das machten sie dann auch. Sie nahmen die Fackeln von den Wänden, und machten sich mit von Müdigkeit gezeichneten Gesichtern auf den Weg in die ungewisse Dunkelheit. Die Fackeln bewährten sich. Sie brannten lange und hell. Dadurch konnten die Taschenlampenbatterien außerordentlich gut geschont werden. Sie sahen auf die Uhr und stellten fest, warum sie vor Müdigkeit kaum noch auf den Beinen stehen konnten. Es war bereits fünf Uhr morgens. Sie ließen sich auf dem Boden nieder und legten eine Pause ein. Nach und nach schliefen alle drei ein.

Christoph war der erste der erwachte. Er sah auf die Uhr und sah, dass sie fast sechs Stunden geschlafen hatten. Es war bereits kurz vor elf. Inzwischen würden auch ihre Eltern anfangen sie zu vermissen. Mit lautem Geschrei weckte er seine Gefährten.

Nur langsam erwachten Markus und Peter auf dem harten Höhlenboden. Sie brauchten erst einmal einen Moment um sich zu orientieren und zu merken wo sie sich befinden. Als dieses Bewusstsein in ihnen aufstieg, wurden sie schlagartig wach. Sie rafften sich hoch und begannen schnellen Schrittes tiefer in die Höhle vorzudringen. Trotz des schnellen Marschtempos brauchten sie weitere drei Stunden bis sie eine Gabelung erreichten.

„Tja, und was jetzt?", fragte Peter. „Wir werfen eine Münze!", schlug Markus vor. Gesagt, getan. Christoph holte sein Portemonnaie heraus und sagte: „Kopf, wir gehen nach links; Zahl, wir gehen nach rechts."

Er warf die Münze hoch. Er fing sie aber nicht auf, sondern ließ sie auf den Boden fallen und ausrollen. Drei Augenpaare blickten nach unten. Zahl lag oben. Also wählten Sie den rechten Gang. Eine falsche Entscheidung. Der linke Gang mündete nach etwa einem weiteren Kilometer in einen kleinen Bach, der sie zurück in die Zivilisation geführt hätte. So nahm das Schicksal seinen Lauf.

Nach weiteren zwei Stunden Fußmarsch erreichten die drei Freunde eine Grotte aus der es keinen Ausweg gab. Peter legte die Fackel an die Seite und begann die Höhle auszuleuchten. Erst konnte er nichts entdecken, aber beim intensiveren ausleuchten, entdeckte er eine runde Fuge in der Decke. Er machte seine Freunde darauf aufmerksam. „Sollen wir versuchen es aufzustemmen? Oder vielleicht doch den Gang zurückgehen?", sprach Markus als erster das aus, was alle dachten. „Wir haben 2 Stunden gebraucht, um hier hinzukommen. Ich werde nicht zurückgehen, wenn hier die Chance besteht aus diesem Höhlenlabyrinth herauszukommen.", protestierte Christoph. Zu ihrem Glück, hatte sie die Stemmeisen noch in ihren Gürteln stecken. Sie fingen an, die Fugen rund um die eingelegte Steinplatte freizulegen. Nach etlichen Mühen schafften sie es, die Steinplatte hoch zu drücken und zur Seite zu schieben. Schweißüberströmt und mit Dreck überzogen kletterten sie nacheinander durch das Loch. Markus war der erste und half den anderen beim hochklettern. Die Enttäuschung war den verzerrten Gesichtern anzusehen, als sie feststellten dass es auch aus dieser Halle kein Entkommen gab. Als die Stimmung auf dem Tiefpunkt angekommen war, schaltete Peter die Taschenlampe aus, um Strom zu sparen. Wer weiß wie lange sie noch hier herumirren würden. Diese Tat rettete sie. In der Dunkelheit der Höhle sahen sie ein mattes Licht, das von einer der Wände ausging. Sie tappten im Dunkeln zu der besagten Stelle. Dort angekommen, fingen sie an die

Wand abzutasten, um irgendwo die Lichtquelle zu entdecken. Irgendjemand von den dreien muss die richtige Stelle getroffen haben, den auf einmal glitt die Felswand geräuschlos an die Seite. Es entstand ein runder Türbogen, der von einem blauen Leuchten umgeben war. „Wat is datennu?", entfuhr es Peter verdutzt, „aber egal, was es ist, es ist ein Ausgang. Lasst uns durchgehen!" Er wartete die Reaktion der Freunde gar nicht ab, und ging einfach hindurch. Für Peter unsichtbar, kam es auf der Seite wo Christoph und Markus standen zu kleinen energetischen Entladungen. Sie sahen Peter nur noch wie durch eine Wasserwand. „Was ist das für eine Scheiße?", schrie Christoph. „Peter scheint gar nichts bemerkt zu haben. Er steht da und winkt uns zu das wir kommen sollen. Peter hörst du uns?" rief Christoph laut durch das Tor. Aber von Peter kam keine Reaktion. Plötzlich begann sich lautlos das Tor wieder zu schließen. „Tja", sagte Markus, „dann haben wir wohl keine andere Wahl." Mit diesen Worten sprang er durch die Tür. Dicht gefolgt von Christoph.

„Na endlich", freute sich Peter, das seine Freunde doch noch gekommen sind. Für ihn sah es aus als hätten sie nur dagestanden und sich angeschwiegen. Sie erzählten ihm die Geschichte und auch Peter wurde sehr nachdenklich. Aber jetzt war es für eine Umkehr zu spät. Sie mussten weitergehen.

Diesmal wurden ihre Mühen belohnt. Schon nach einigen hundert Metern sahen sie ein Licht am Ende des Tunnels. Sie beschleunigten ihre Schritte und kamen nach wenigen Sekunden auf einen Sims am Rand eines Brunnen. Unter ihnen plätscherte das Wasser, und über sich sahen sie den gerade aufgegangen Mond. So wurde ihnen bewusst, dass es bereits kurz nach sechs war und sie schon lange verschwunden waren.

Der Brunnen schien noch in Benutzung zu sein. Ein Eimer baumelte an einem Seil im Wasser. Peter wurde kreidebleich im Gesicht: „Da soll ich raufklettern? Ihr wisst dich wie unsportlich ich bin. Das schaffe ich nie." „Kein Problem", sagte Christoph, „Ich klettere mit Markus rauf und wir ziehen dich am Seil hoch.

Markus war der erste. Er nahm Anlauf und sprang zum Seil hinüber. Das war allerdings kein Erfolg. Das Seil wickelte sich ab und Markus fiel ins Wasser. Von dem Gewicht überreizt, riss das Seil und es fiel platschend hinter ihm her.

„Tut mir leid für dich, Peter. Jetzt müssen wir wohl doch klettern.", sagte Christoph. Markus war bereits angefangen und zog sich an kleinen Mauervorsprüngen in die Höhe. Christoph und Peter folgten ihm. Für Christoph war das kein Problem, aber der übergewichtige Peter fiel schnell hinter den beiden zurück. Als er noch zwei Meter unter dem Rand des Brunnens war, bemerkte er, dass seine Freunde nicht rauskletterten. Er fragte leise: „ Ist da oben irgendwas?", aber keiner reagierte darauf. Laut schnaufend schob er sich langsam bis an den Rand des Brunnens, und sah warum seine Freunde sich nicht rührten. Im Fackel beschienenen Hintergrund, blickte er in ein Dutzend gespannter Bögen, die mit ihren Pfeilen genau auf die Freunde zielten.

Kapitel 4

Starke Arme fassten die drei Kameraden unter die Achseln und zogen sie mit einem Ruck aus dem Brunnen. Sie sahen sich völlig verwirrt an. Das was sie sahen war schier unbeschreiblich. Sie standen im Innenhof einer großen Burg. Christoph war es, der feststellte: „Das ist die Sparrenburg."
Allerdings sah die Sparrenburg nicht so aus, wie die drei sie kannten. Rings um den Innenhof brannten Fackeln in ihren Ständern. Der Grasbewuchs war verschwunden und einem sehr schlecht verlegtem Kopfsteinpflaster gewichen. Um sie herum standen nicht etwa Polizisten, sondern in Rüstungen gepferchte Soldaten. Mit altertümlichen Helmen auf den Köpfen und Schwertern an der Seite. Während ihnen die Hände mit dünnen Schnüren auf dem Rücken zusammengebunden wurden, bemerkten sie die gesattelten Pferde auf dem Hof. Nirgendwo war ein Auto, oder irgendetwas anderes zu sehen, was auf irgendeine Art und Weise an das zwanzigste Jahrhundert erinnerte. Sie kamen sich vor, wie bei einer mittelalterlichen Theateraufführung. Markus überwand als erster seine Lethargie und schrie die Soldaten an: „Was soll das hier alles. Wir waren bald zwanzig Stunden in einem Höhlenlabyrinth eingeschlossen, und kaum das wir entkommen konnten, werden wir hier gefesselt und misshandelt. Ich will sofort den Chef sprechen, oder den Regisseur oder euren König, oder wer immer hier was zu sagen haben mag."
Er strampelte und wehrte sich bis es den Soldaten zu bunt wurde. „Vorsicht!", konnte Peter gerade noch rufen, als Markus von einem Soldaten mit der Breitseite seines Schwertes niedergestreckt wurde. Das schien für die anderen Soldaten das Stichwort zu sein. Während Markus von zwei Soldaten getragen wurde, wurden Christoph und Peter von einer Eskorte vorwärts getrieben. Sie betraten die Burg durch einen Nebeneingang und wurden eine dunkle Treppe runtergeschoben. Als die Treppe endete, betraten sie einen, für diese Verhältnisse, gut ausgeleuchteten Gang. Links und rechts sahen sie

dicke verschlossene Eichentüren. Eine Ahnung stieg in den beiden Freunden auf. Sollten das die Kerker der Sparrenburg sein? Sie warfen sich vielsagende Blicke zu, wagten es aber nicht ein Wort zu sagen um die Wachen nicht zu provozieren.

Am Ende des Ganges öffnete ein düster aussehender Kerkermeister eine dieser schweren Türen und machte eine einladende Armbewegung. Die Wachen warfen Markus mit Schwung in die Zelle und befreiten den Bewusstlosen von seinen Fesseln. Anschließend wurden auch Christoph und Peter die Seile abgenommen und sie wurden in den stinkenden Kerker gestoßen. Hinter Ihnen schloss sich unter dem Gelächter der Soldaten die Tür. Sie hörten noch den großen Riegel einschnappen. Dann wurde es still auf dem langen Flur.

„Jetzt ist alles aus. Unsere Eltern werden die Polizei rufen. Es wird eine Vermisstenanzeige aufgegeben werden. Sie werden uns suchen und nicht finden. Dazu kommt noch, das ich keine Ahnung habe, was hier los ist." Peter schien die Verzweiflung ins Gesicht gemeißelt zu sein. „Bevor wir eine lebhafte Erklärung hierfür finden können, müssen wir erst einmal versuchen Markus wach zu kriegen. Ich hoffe er ist nicht ernsthaft verletzt.", sagte Christoph. Beide standen auf und fingen Markus wachzurütteln. Auch vor Ohrfeigen schreckten sie nicht zurück. Nach einer ganzen Weile gelang es ihnen auch. Markus öffnete die Augen. Seine erste Bewegung galt der Beule an seinem Kopf. Mit einem unterdrückten Stöhnen richtete er sich langsam auf. „Aha,", sagte er, „Jetzt sind wir also im Kerker gelandet." Mit dieser platten Feststellung brachte er die Problematik auf den Punkt.

„Also, dann werft eure Thesen mal in den Raum." Mit diesen Worten eröffnete Peter die Diskussion über den möglichen Ablauf der Ereignisse. Die Bandbreite war unerschöpflich, aber am Ende blieben nur noch zwei Möglichkeiten über: Entweder war das hier irgendeine Inszenierung und sie würden morgen darüber lachen oder, und das hielten alle für wahrscheinlicher, das versteckte Tor in der Höhle war eine Art Zeitmaschine und hat sie ins Mittelalter katapultiert. Es sprach alles dafür. Nicht das geringste Anzeichen einer modernen Zivilisation, die perfekten Rüstungen, der nicht vorhandene Bewuchs im Innenhof, die Kerker, die in der richtigen Zeit ein Museum beheimateten und noch vieles mehr. Das einzige was dagegen sprach, war die Hoffnung der drei Gefangenen.

Irgendwann in der Nacht schliefen sie auf dem harten Boden dann doch noch ein.

Das Geklapper eines überdimensionierten Schlüsselbundes und die stampfenden Schritte einer ganzen Horde von Menschen weckte die drei aus ihrem Schlaf. Vor ihrer Zellentür verebbte das Fußgetrappel. Der Riegel wurde zur Seite geschoben, und die Tür öffnete sich knarrend. Ihre Eskorte vom vorigen Abend stand wieder mit gezückten Schwertern vor der Tür und forderte sie auf sie zu begleiten. Diesmal kamen sie aus dem Kerker heraus und wurden zu einem Offizier geführt, der sich nur als Chef der königlichen Leibgarde vorstellte. Sie setzten sich in die bereit gestellten Stühle und erzählten ihre Geschichte.

„Das ist eine unglaubliche Geschichte die sie da erzählen. Aber ich glaube Euch, dass Ihr keine Feinde des Königs seid. Ich werde Euch gleich zu unserem Magier Magnus bringen lassen. Er wird sich Eurer annehmen, und versuchen zu prüfen ob Ihr die Wahrheit gesagt habt. Er kennt Mittelchen und Tränke, mit denen ihm das nicht schwer fallen wird."

Erneut wurden sie durch das halbe Schloss geführt. Diesmal allerdings wurden sie nicht mehr wie Gefangene sondern wie Gäste behandelt. Man brachte sie auf einen großen Turm. Ganz oben erwartete sie der alte Magier Magnus. Ein alter gebückter Mann mit einem langen weißen Bart. Etwa 1,80m groß, graues schütteres Haar. Er kam langsam, auf einen Stock gebeugt auf die drei Freunde zu. Er sah alt und gebrechlich aus, aber aus seinen Augen strahlte die Kraft und die Weisheit eines langen, erfüllten Lebens. Er musterte die drei Freunde ausgiebig. „So, Du bist also Markus Lange." Es war keine Frage, sondern eine Feststellung. „Du hast Dich überhaupt nicht verändert, seit ich Dich das letzte Mal gesehen habe." Markus wollte protestieren aber Magnus hob sofort seinen rechten Zeigefinger und fuhr fort: „Jaja, ich weiß, das Ihr mich nicht kennt. Aber ich kenne Euch, oder zumindest einen. Deine Freunde, lieber Markus sind mir erst jetzt bekannt geworden, aber die Prophezeiung hat sich erfüllt. Du bist wieder da. Du bist aus dem Exil erlöst und zwar mit der Hilfe von zwei Freunden. Genauso wie es Dir bestimmt war." Jetzt endlich kam Markus zu Wort, während seine Freunde nur da standen und verständnislos den alten Mann ansahen: „Verzeiht, alter Mann, aber ich habe Sie noch nie zuvor gesehen."

Der Magier ließ sich Zeit mit seiner Antwort. Er sprach kurz mit seinem Gehilfen, woraufhin dieser den Raum verließ. „Ich habe meinen kleinen Gehilfen gerade losgeschickt, den König zu holen. Er wird Euch die Geschichte erzählen, die Euch alles erklären wird." Wieder gab Magnus nur vage Andeutungen von sich. Die Freunde sahen sich mit ratlosen Augen an, wussten aber nichts zu sagen. Ihnen fehlten die Worte. Nach einigen Minuten des Schweigens, in denen jeder seinen eigenen Gedanken nachging, öffnete sich leise die Tür und der König persönlich kam herein. Auch er stellte sich nicht vor, sondern begutachtete Markus von allen Seiten. Als er vor ihn trat lächelte er als er sagte: „Du bist es wirklich. Kommt mit mir. Ich werden Euch waschen lassen und dann treffen uns zum Essen. Danach werde ich Euch alles erzählen." Mit diesen Worten machte der König auf dem Absatz kehrt. Dafür trat ein Page zu den dreien. Er sprach mit britischem Akzent: „Mein Name ist Albert von Wales. Ich diene dem König und lerne von ihm wie ein Königreich zu regieren ist. Ich werde für die Dauer Eures Aufenthaltes zu Eurer Verfügung stehen. Bitte folgt mir. Ich werde Euch in Eure Gemächer geleiten." Während des Ganges durch das Schloss bemerkten die Freunde immer wieder, das sich die Sprache dem Zeitalter angepasst hat. Keiner siezte sie mehr. Sie wurden mit „Euch" angesprochen und die Konversationen waren viel höflicher als in ihrer richtigen Zeit.

Albert führte Sie in ihre Gemächer und ließ ihnen ein Bad bereiten. Die Freunde wuschen und erholten sich. Nur der Magen knurrte inzwischen gewaltig. Nach etwa 2 Stunden wurden sie in den riesigen Speisesaal geführt. Auf einem langen Tisch an der Stirnwand des festlich hergerichteten Saales war ein gewaltiges Buffet aufgebaut. Der König saß an der Front einer langen Tafel. Die Freunde setzten sich und begannen zu essen. Währenddessen begann der König zu sprechen: „Meine lieben Gäste. Ihr seid sicher noch sehr verwirrt. Ich hoffe ich kann Euch eure Ungewissheit vertreiben. So höret denn, was sich vor über 20 Jahren in meinem Königreich zugetragen hat:

Kapitel 5

„Wir schrieben das Jahr 1607 unseren Herrn. Ich herrschte über Ostwestfalen wie einst König Arthus mit seinen Rittern der Tafelrunde über England. Die Menschen in meinem Land waren zufrieden und glücklich. Meine Frau war schwanger und erwartete ihr erstes Kind. Mein Sohn Henry der Dritte, wurde an einem wunderschönen Sommernachmittag geboren. Es waren perfekte Vorzeichen für die Geburt eines großen Königs. Nach der Untersuchung des Jungen durch meinen Magier Magnus erwachten die dunklen Wolken über meinem Königreich. Er ließ mich in sein Turmlabor kommen und prophezeite mir, dass mein Sohn im Alter von 20 Jahren eine Dummheit macht, die uns alle ins Unglück stürzt. Er konnte zu diesem Zeitpunkt nicht ahnen, dass er nur zum Teil recht haben sollte.

Meine Frau starb nach Henrys Geburt. Fortan herrschte ich allein über mein Königreich. Ich versuchte meinen Sohn nach meinem Vorbild zu formen. Ich glaube, dass mir das auch ganz gut gelang, aber seine Triebhaftigkeit konnten auch seine besten Lehrer nicht unterdrücken.

Genau das wurde zu seinem Problem. Bereits mit 13 Jahren wurde er von einer älteren Frau in die Freuden der Liebe eingeführt. Danach gab es für ihn kein Halten mehr. Keine Frau des Königreichs war vor ihm sicher, und auch kaum eine gab es, die ihn nicht wollte.

Es war der 01.07.1623, also an seinem 16ten Geburtstag, als er Katharina kennen lernte. Sie war die 15jährige Tochter eines Magiers aus dem Bergland. Einem Freund von Magnus. Sie war die erste, bei der sein Charme nicht ausreichte, sie für eine Nacht in sein Bett zu bringen. Gerade das faszinierte ihn. Er verbrachte den ganzen Abend an ihrer Seite, und verliebte sich das erste Mal in seinem Leben nicht nur in den Körper einer Frau, sondern auch in ihren Geist. Sie sahen sich öfter und bald trafen sie sich täglich. Und dann machte sie keinen Schritt mehr ohne ihn. Insgesamt 8 schöne Wochen lang trafen sich die beiden, ohne das es zu einem innigeren Kontakt gekommen wäre. Es hätte Henry stutzig machen müssen, das sie ihn nie ihrem Vater vorstellte, aber solange er glücklich war und auf Wolke sieben schwebte, störte ihn das nicht.

Doch dann kam die Zeit, Lebe Wohl zu sagen. Henry wollte das nicht und kam zu mir um sich einen Rat zu holen. Da mir Katharina auch gut gefiel, riet ich ihm, bei ihrem Vater um ihre Hand anzuhalten. Ich ging zu Magnus und bat ihn, bei Katharinas Vater ein gutes Wort für meinen Sohn einzulegen. Mit schlotternden Knien und feuchten Händen ging Henry III zu Katharinas Vater. Er brachte es auch über sich, sein Anliegen vorzubringen aber zu seiner Überraschung wurde er enttäuscht. Ihr Vater lehnte freundlich aber bestimmt ab, da er Katharina bereits einem anderen Magier aus dem Bergland versprochen hatte. Die Hochzeit solle bereits in wenigen Wochen sein. Der Aufenthalt am Hofe von König Henry II hatte nur den Sinn, Katharina auf ein Leben an einem königlichen Hof vorzubereiten.

Als gebrochener Mann schlich mein Sohn in sein Zimmer und harrte der Dinge die da kommen sollte. Und so kam es auch. Ohne sich zu verabschieden, und ohne Katharina noch ein einziges Mal zu sehen, sah er sie und ihren Vater von seinem Fenster aus abreisen.

Er packte sein Bündel, ließ sich von mir einige Goldstücke geben und verließ die väterliche Burg. Er wollte versuchen in der Ferne sein Glück zu finden. Ich habe versucht ihn davon abzubringen, aber ohne Erfolg. Ich konnte ihn nur ziehen lassen, und hoffen dass er irgendwann den Weg zurückfinden würde.

Achtmal nahmen die Jahreszeiten ihren Lauf, ehe ich meinen Sohn wiedersehen sollte. Es war inzwischen Mai 1624. Einer Karawane gleich, zog er unter lautem Jubel der Bevölkerung wieder in die Sparrenburg ein. Ausgezogen, mit nur einem Pferd und einigen Goldstücken, kam er nach nur 8 Monaten zurück mit einem ganzen Zug von Pferdekutschen und einer großen Gefolgschaft. In diesem Moment war ich sehr stolz auf ihn, auch wenn ich mir nicht erklären konnte, wie er das geschafft haben mochte.

Ich erwartete ihn nach seiner Rückkehr im großen Thronsaal. Die riesigen Flügeltüren öffneten sich, und Henry III kam herein. Gehüllt in feinstes Tuch und gefolgt von einer glücklich lächelnden Menschenmasse. Ich erhob mich von meinem Thron und stieg würdevoll die Stufen vom der Empore herunter. Innerlich aufgewühlt und kaum fähig meine freudigen Gefühle zu bändigen. Als er vor mir stand, ließ ich all meinen Gefühlen freien Lauf, und schloss meinen verloren geglaubten Sohn mit Tränen in den Augen in die Arme. „Vater", sagte er, „ ich habe Dir jemanden mitgebracht." Er drehte sich halb herum und hob einen Arm. Die Menschenmenge teilte sich, und am Ende des neu entstandenen Ganges stand eine hinreißende junge Frau. „Meine Verlobte. Susanne. Tochter eines französischen Grafen und hinter ihr, ihr Gefolge."

Jetzt wusste ich, wer all diese Leute waren. Susanne kam näher, kniete vor mir nieder und machte mir ihre Aufwartung. Ich sah tief in Ihre azurblauen Augen und fühlte mich geborgen. Diese Frau strahlte ein Vertrauen und eine Offenheit aus, die mich sofort in ihren Bann zog. Von einem Moment zum anderen wusste ich, warum mein Sohn ihr sofort verfallen war. Ich nahm ihre Hand. Hob sie an meinen Mund und hauchte ihr einen zärtlichen Kuss auf. „Willkommen auf der Sparrenburg!", hörte ich mich sagen. Ich ließ ihr und ihrem Gefolge den Südflügel der Burg zuteilen und begab mich mit meinem Sohn in das Kaminzimmer. Er erzählte ausführlich von seinem einsamen Zug nach Frankreich, wie er Susanne kennen und lieben lernte und wie er ihren Vater dazu brachte sie mit ihm ziehen zu lassen.

Zehn Tage nach der glücklichen Heimkehr meines Sohnes wurde auf der Sparrenburg Hochzeit gefeiert. Die ganze Burg war ein Meer von Blumen. Die Dekorateure hatten keine Mühen gescheut. Überall hingen Fahnen und selbst die Rüstungen der Ritter waren auf Hochglanz poliert. Die Kirche war voll von Gästen aus Nah und Fern. Alles was Rang und Namen hatte, ließ es sich nicht nehmen an dieser Hochzeit teilzunehmen. Während der Zeremonie sang der

örtliche Kirchenchor seine Lieder. Henry III und seine Verlobte Susanne machten ernst und wurde vom königlichen Priester getraut.
Ich hatte zwar gehofft, das mein Sohn sich etwas geändert hätte aber dem war nicht so. Seine Triebhaftigkeit lebte er voll mit Susanne aus. Nur das er diesmal monogam blieb. Daher war es nicht verwunderlich, dass Susanne schon bald darauf schwanger wurde. Die Geburt, neun Monate später, verlief reibungslos. Ein kleiner Thronfolger erblickte das Licht der Welt. Wenn seine Eltern auch nicht ganz damit einverstanden waren, so konnte ich mich diesmal aber durchsetzen und der Junge wurde wie sein Urgroßvater, sein Großvater, also ich, und sein Vater auf den Namen Henry getauft. Die Familientradition wurde fortgesetzt und Henry IV sollte ab diesem Zeitpunkt unser Leben erfreuen.
Knapp 2 Jahre später, am zweiten Geburtstag von Klein Henry, erschien noch spät abends ein berittener Bote. Ich war zu der Zeit auf einem Freundschaftsbesuch bei Susannes Vater in Frankreich. Daher führte mein Sohn die Staatsgeschäfte. Der Bote wurde zu ihm geführt und überbrachte ihm die Botschaft. Sie war von Katharina. Es war nur ein kurzer Text. Ich habe mir diesen Text später immer und immer wieder durchgelesen und habe mich gefragt, wie die Zukunft verlaufen wäre, wenn es diesen Brief nicht gäbe. Daher habe ich den Inhalt auch noch wortwörtlich im Kopf:

Liebster Henry
Ich muss Dich dringend sprechen. Morgen nach Sonnenuntergang in unserer Bucht. Du weißt schon Bescheid.
Katharina.

Ja, mein Sohn wusste auch sofort Bescheid. Sie hatten sich immer zu romantischen Spaziergängen in einer kleinen Bucht an unserem See getroffen. Er hatte Susanne schon früh von Katharina erzählt, sodass es für sie keine Überraschung war, als er sagte, er wolle gehen.
Henry III brach am frühen Abend auf und war schon kurz darauf als erster in der Bucht. Er musste fast zwei Stunden auf Katharina

warten. Sie kam nur kurz und berichtete, dass sie jetzt zu ihrem neuen Mann ziehen müsse. Sie hätte versucht ihren Vater vom Gegenteil zu überzeugen, aber vergeblich. Erst jetzt erfuhr sie von Henry, das dieser sich bereits getröstet hatte. Sie nahm den Schlag gut auf und sie verabschiedeten sich mit einem Abschiedskuss.

Beauftragt von Katharinas Vater, lauerte im Gebüsch ein bezahlter Späher. Nachdem die beiden die Bucht verlassen hatten, brach auch er auf, um Bericht zu erstatten. Ich nehme an, er hatte einen leichten Hang zur Übertreibung und hat wohl berichtet, dass mehr passiert wäre als nur dieser kleine Kuss. Nur so kann ich mir die folgenden Ereignisse erklären.

Am nächsten Tag kam die Amme von Klein Henry total verstört zu meinem Sohn gelaufen und berichtete, dass der Kleine verschwunden sei. Mein Sohn ließ das ganze Schloss durchsuchen, aber leider erfolglos. Die Suche erstreckte sich bis zum späten Abend auf das ganze umliegende Land. Auch die halbe Bevölkerung beteiligte sich an der Suche. Währenddessen kam wieder ein Bote ins Schloss geritten, diesmal kam er direkt von Katarinas Vater. Da Henry auf der Suche nach seinem Sohn war, wurde der Bote zu Susanne geführt. Der Brief war an mich gerichtet und hatte etwa folgenden Inhalt: Verehrter König Henry II. Mein Dank gebührt Euch nach wie vor für Eure damalige Gastfreundschaft. Trotzdem bleibt mir keine andere Wahl, als Euren Sohn für die Schmach zu bestrafen, die er meiner Tochter zugefügt hat. Ich habe Euren Enkel dem Drachen Drako zur Bewachung übergeben. Wenn Ihr in lebend wiedersehen möchtet, errichtet mir morgen, wenn die Sonne am höchsten steht, ein Podest im Burghof und erscheint dort.

Unter Tränen ließ Susanne nach ihrem Mann schicken, der bald darauf mit höchster Geschwindigkeit auf den Hof geritten kam und zu ihr hastete. Er hörte die Geschichte und beteuerte, dass nichts passiert sei. Susanne kannte ihren Mann zu gut, als das sie ihm nicht glauben würde. Es blieb ihnen nichts anderes übrig, als das Podest errichten zu lassen und bis zur Mittagsstunde zu warten.

Schon eine Stunde vor der Zeit erwarteten Sie den Magier auf dem Burghof. Pünktlich erschien er in einer Feuersäule und kam so mit einem spektakulären Auftritt, der gleich allen Anwesenden die passende Furcht einflößte. Wie ich hörte hielt er eine flammende Rede über den Sittenverfall ehe er meinen Sohn nach oben bat. Mit zitternden Knien gehorchte mein Sohn, doch ehe er ein Wort sagen konnte, wurde er von einer Nebelwand eingehüllt und wie eine Wolke in die Lüfte getragen. Er entschwand den Blicken seiner kreischenden Frau innerhalb weniger Augenblicke. Bevor der Magier selbst entschwand, verkündete er, dass er Henry in die Zukunft geschickt hatte und das der kleine Henry solange in der Obhut des Drachen bleiben sollte, bis sein Vater den Weg nach Hause gefunden haben würde.

Susanne war nahe an einem Nervenzusammenbruch. Nur die Regierungsgeschäfte hinderten sie daran endgültig abzuklappen. Weitere drei Wochen zogen ins Land, ehe ich wieder bei ihr war. Ich schickte sofort einen bewaffneten Trupp aus, um mir den Magier vorführen zu lassen. Doch sie fanden nur seine wimmernde Frau vor. Mit der Brutalität von frustrierten Soldaten, die diese Tragödie nicht verhindern konnten, wurde sie vor meinen Thron gezerrt. Sie gab uns dann die Einzelheiten die wir wissen mussten. Henry wurde in der Zukunft wiedergeboren und würde irgendwann mit 2 Freunden den Weg zurück zu uns finden. Für jedes Jahr das dort verging, verging bei uns ein Monat. Das war jetzt vor genau 20 Monaten. Und seitdem warten wir auf die Rückkehr meines verlorenen Sohnes. Sie sagte uns aber auch noch zwei Dinge. Zum einen, das er nichts davon wissen würde, bis zum ersten Kuss seiner Frau und zum anderen seinen Namen in der Zukunft: Markus"

Damit endete die Geschichte des Königs. Die drei Freunde sahen sich betroffen an. Besonders Markus war kreidebleich und stammelte immer wieder vor sich hin:" Das ist ein schlechter Traum, das kann alles gar nicht wahr sein." Der König stand langsam auf und ging um den Tisch herum. Hinter Markus blieb er stehen. Er legte ihm seine großen Hände auf die Schultern und sagte: „Das mag Dir jetzt alles unendlich unglaubwürdig vorkommen, aber es stimmt. Ich werde jetzt nach Deiner Frau schicken lassen. Wir werden sehen, ob Du dein Gedächtnis dann wiedererlangst oder nicht. Wenn nicht wird Magnus versuchen, das Tor durch die Zeit wieder für euch alle zu öffnen. Aber Du bist es. Dein Name ist Markus und Du siehst nun mal auch genauso aus wie mein Sohn." Er wandte sich an einen der umherstehenden Pagen, und dieser verließ den Raum. Bereits wenige Minuten später verkündete ein Page: „Prinzessin Susanne von Frankreich!"

Die Tür öffnete sich und Susanne kam herein. Sie war wirklich wunderschön. Markus erster Gedanke war: „Mmmh, nicht schlecht ein Prinz zu sein." Er hatte den Gedanken kaum zu Ende gedacht, als Susanne auf ihn zulief und ihn unter Tränen fest in die Arme schloss.

Der König bedeutete Christoph und Peter mit dem Pagen zu gehen. Sie wurden zurück auf ihre Zimmer gebracht und unterhielten sich noch bis spät in die Nacht über diese merkwürdige Geschichte. Besonders Christoph, der Markus von Geburt an kannte, konnte das alles einfach nicht fassen.

Markus dagegen folgte willig, seiner angeblichen Frau in ihre Gemächer. Dort angekommen übernahm sie völlig die Kontrolle. Beseelt von dem Gedanken, ihren Mann wieder bei sich zu haben, zog sie Peter nah an sich und küsste ihn heiß und leidenschaftlich. Für Peter war es wie ein Schlag mit einer Keule. Mit einem Mal kamen alle seine Erinnerungen zurück. Er wusste wer er war und es kam ihm vor als wäre er nie fort gewesen. Zu seiner großen Verwunderung hatte er aber auch noch alle Erinnerungen an seine Zeit in der Zukunft. Er wusste dass seine Freunde bei ihm waren und dass er auf sie zählen konnte, egal was noch passieren würde. Und er wusste noch 2 Dinge. Er würde mit Hilfe seiner Freunde seinen Sohn finden und befreien. Und er wurde gerade von einer wunderschönen Frau geküsst. Er ließ kurz von ihr ab. Er betrachtete sie ausgiebig. Ihre langen dunklen Haare, ihren perfekten Körper, ihre nicht enden wollenden Beine und ihren perfekten Busen. Er wollte ihr noch beichten, dass er in der Zukunft auch andere Frauen hatte, aber sie zog ihn endgültig an sich und versprühte ihre Leidenschaft. Sie wollte nicht reden. Sie wollte endlich wieder einmal ihre Sexualität ausleben. Und das ließ sich Markus natürlich nicht zweimal sagen.

Kapitel 6

Die Sonne schien schon hoch am Bielefelder Himmel, als Peter und Christoph erwachten. Peter stellte sich ans Fenster und streckte sich ausgiebig. Er ließ sich von den Sonnenstrahlen berieseln und genoss die wohlige Wärme auf seiner Haut. Solange er die Augen geschlossen hielt, stellte er sich vor, gleich die Augen zu öffnen und in den Garten seiner Eltern zu gucken. Der Springbrunnen läuft und das Gras riecht frisch geschnitten. Selbst die Aussicht, gleich arbeiten gehen zu müssen störte ihn in diesem Moment nicht. „Hör auf zu träumen, wir müssen sehen, was aus Henry geworden ist." Mit diesen Worten riss Christoph seinen Freund aus seinen Träumereien. Peter öffnete langsam die Augen und sah durch das Fenster in den Schlosspark. Der Park alleine war auch wunderschön, aber er bedeutete auch dass sie tatsächlich in der Vergangenheit gefangen waren, und keinen Weg zurück in die Zukunft kannten.

Sie begannen sich anzukleiden. Ihre alten Kleider waren natürlich nicht zeitgemäß. Deshalb hatte sie der Hofschneider neu eingekleidet. Sie hatten immer noch leichte Probleme mit dieser altertümlichen Kleidung. Aber langsam gewöhnten sie sich auch daran. Peter fiel ein, dass angeblich immer ein Page vor ihrem Zimmer stehen sollte, der für sie zur Verfügung stehen sollt. Er nahm die kleine bronzene Glocke mit dem reichlich verzierten Holzgriff in die Hand und bimmelte vorsichtig. Sofort öffnete sich die Tür und ihr Page Albert von Wales betrat leise den Raum. „Ihr habt geläutet?", fragte er leise, um ja nicht aufdringlich oder störend zu wirken. „Ja", sagte Peter, „bitte führe uns zu Prinz Henry III, oder zum Frühstück, oder was immer für uns geplant ist."

„Jawohl!" Mit diesem kurzen Wort verbeugte Albert sich knapp vor Peter und Christoph. Dann drehte er sich lautlos auf der Stelle um und ging vor den beiden her zum großen Esszimmer. Schon bevor sie die große Tür durchschritten, hörten sie Henrys Stimme durch die Gänge hallen. Er lachte und scherzte mit seiner Frau Susanne. „Das hört sich an, als hättest Du dein Gedächtnis wiedergefunden?" Mit diesen Worten von Peter, betraten er und Christoph den Raum. Henry fuhr erschrocken in seinem Sessel herum. Als er seine Freunde erkannte, lächelte er und sagte: „Schön, da seid ihr ja endlich. Ja, du hast recht. Ich habe mein Gedächtnis wiedergefunden. Allerdings habe ich auch mein altes Wissen behalten, ihr seid also keine Fremden für mich geworden. Ich erzähle Susanne gerade von meinen Erlebnissen in der Zukunft. Sie wollte mir auch eben schon erzählen, was sich in meiner Abwesenheit hier so zugetragen hat, aber ich wollte warten bis ihr dazu kommt. Aber vorher frühstückt erst mal kräftig." Mit diesen Worten machte Henry eine einladende Geste und zeigte auf die voll gedeckte Tafel. Das ließen Peter und Christoph sich nicht zweimal sagen. Sie setzten sich und ließen sich von den umherschwirrenden Pagen bedienen. Nach einem wirklich mehr als ausgiebigem Frühstück, setzen sich die vier zusammen um einen Tisch und lauschten den Erzählungen von Susanne: „Nachdem Du, mein lieber Henry, verschwunden warst, wollten Dein Vater und ich nicht daran glauben, das Du wirklich verschwunden warst. Suchtrupps wurden ausgeschickt, die die ganze Gegend nach Dir und unserem Sohn absuchten. Leider ergebnislos. Vier Wochen nach diesem Ereignis, erschien Katharina noch einmal bei Deinem Vater. Sie berichtete über den Wahrheitsgehalt der Aussagen ihrer Eltern. Laut ihren Aussagen habe sie versucht den Bann rückgängig zu machen, aber ohne Erfolg. Wir sollten aber fest damit rechnen, dass Prinz Henry nach spätestens 2 Jahren wieder da sein sollte. Auf diesen Tag haben wir bis gestern gewartet. Auch unser Sohn ist bis heute beim Drachen Drako gefangen. Schon viele mutige Ritter haben sich bis heute an einem Befreiungsversuch gewagt, aber wir konnten nach jedem Versuch nur die Beerdigungen der Ritter organisieren. Dein Vater, Henry, hat sich dann damit begnügt, den Drachen unter Beobachtung zu stellen. Soweit wir von den Spähern wissen, ist unser Sohn gut behütet bei dem Drachen. Er lässt ihn frei rumlaufen, denn das ganze Areal ist mit einer magischen Sperre umgeben, die den Kleinen am Fortlaufen hindert. Er ist inzwischen fast 4 Jahre alt. Wir haben bereits nahezu 2 Jahre seiner Entwicklung

verpasst. Es wird Zeit das sein Vater und seine Freunde ihn endlich da rausholen." Mit dieser Aufforderung beendete Susanne ihre Erzählung. Peter und Christoph konnten Henry ansehen was in ihm vorging. Hin und her gerissen, zwischen der Angst um seinen Sohn und der Angst um das was ihm und seinen Freunden alles geschehen kann, überlegte er hin und her ob er nicht lieber allein auf diese Reise gehen sollte. Er beschloss dieses Gespräch zu vertagen. Völlig unvermittelt wechselte er das Thema, während seine Frau ihn ob dieses Themenwechsels verwundert ansah. „Da fällt mir gerade so spontan ein, ich habe meine Schwestern Caroline und Melanie noch gar nicht gesehen. Habt ihr die inzwischen verheiratet?", fragte er seine Frau. Immer noch ein wenig verwirrt, antwortete sie ganz automatisch: „Nein, bis jetzt noch nicht. Ich lasse sie rufen." Sie wandte sich zu einem der Pagen und gab die entsprechenden Anweisungen. „Meine Schwestern werden euch gefallen, sie sind ein Sinnbild für Anmut und Schönheit. Vielleicht wären die ja noch was für euch beide." Er hatte kaum ausgesprochen, da kamen seine beiden Schwestern ins Zimmer und fielen ihrem vermissten Bruder um den Hals. Er erwiderte ihre Umarmungen voller Freude und stellte sie dann seinen Freunden vor. Peter und Christoph musterten diese zwei Schönheiten ausgiebig. Caroline war das, was man in der Zukunft als Discobraut bezeichnen würde. Sie trug ihr pechschwarzes Haar kurz geschnitten. Ihr Kleid trug sie ohne den üblichen Reifrock. Es war sehr kurz geschnitten. Ihr Dekollete
war sehr tief ausgeschnitten und zeigte mehr als nur eine Ahnung. Sie hatte lange Beine die in einem knackigen Po endeten. Ihre Brüste waren schon fast gewaltig zu nennen. Hätte sie in der Zukunft gelebt, hätte sie wahrscheinlich einige Tattoos und mehrere Piercings gehabt. Aber ohne all das war sie genau Christophs Typ. Man merkte es ihm auch sofort an. Er beachtete Melanie mit kaum mehr als einem flüchtigen Blick und begann sofort mit Caroline zu flirten. Bei Peter war es dafür genau umgekehrt. Er hatte von einem Moment zum anderen nur noch Augen für Melanie. Sie war das krasse Gegenteil ihrer Schwester und damit für Peter die perfekte Frau. Sie

hatte lange blonde Haare. Ein niedliches und liebenswürdiges wunderschönes Gesicht mit einer kleinen Stupsnase. Ähnlich wie Peters ehemalige Freundin. Auch bei ihr hatte er immer den unwiderstehlichen Drang verspürt, diese Stupsnäschen zu stupsen. Sie stand sehr schüchtern einige Meter weit weg. Ihre Kleidung war typisch für dieses Jahrhundert. Lange Reifröcke, mit einem nicht allzu tief ausgeschnittenen Dekollete. Ihr Körperbau war geradezu perfekt proportioniert. Nicht so gewaltig überproportioniert in den oberen Regionen wie bei ihrer Schwester Caroline. Peter ging langsam auf sie zu und stellte sich vor. Sie kamen schnell in ein Gespräch über Kinder, die beide irgendwann in großer Zahl haben wollten. Die nächsten zwei Tage verbrachten die drei Freunde meistens getrennt voneinander, aber dafür mit den jeweiligen Frauen an ihrer Seite. Während Christoph und Peter alles taten, um die Herzen ihrer Traumfrauen für sich zu gewinnen, freute sich Henry über das Liebesglück seiner Freunde. Hin und wieder sah man ihn mit seinem Vater, König Henry II, durch den Park schlendern. Sie steckten immer die Köpfe zusammen, und tuschelten wenn sie Peter oder Christoph mit ihren Freundinnen sahen. Am dritten Tag wurden erst die zwei Prinzessinnen und kurz darauf auch Peter und Christoph in den großen Thronsaal gerufen. Als sie eintraten sahen sie den König würdevoll in seinem Thron sitzen. Rechts neben ihm saß Henry III. Der junge Prinz erhob sich feierlich und sagte: „Liebe Freunde, der Zeitpunkt ist gekommen, an dem unser gemeinsames Abenteuer weitergehen muss. Ihr wisst, dass mein Sohn immer noch in der Gewalt des Drachen Drako ist. Ich habe selbstverständlich vor ihn zu befreien, auch wenn dieses Unterfangen manchen tapferen Recken das Leben gekostet hat. Ich kann euch nicht zwingen mich zu begleiten, trotzdem frage ich Euch: Werdet ihr mich begleiten?" „Du erwartest nicht ernsthaft eine Antwort auf diese Frage, oder? Du kennst die Antwort ganz genau.", sagte Christoph während Peter zustimmend mit dem Kopf nickte und sagte: „Du solltest eigentlich genau wissen, das Du immer auf uns zählen kannst!" „Ich habe eigentlich auch nichts anderes erwartet.", erwiderte Henry, „Ich weiß aber auch, dass ihr ungeübt seid im Umgang mit unseren Waffen. Daher werdet ihr vorher mit mir einen kleinen Lehrgang im Reiten, Fechten und Bogen schießen absolvieren müssen. Sobald ich euch für einigermaßen fit in diesen Fertigkeiten halte, werden wir aufbrechen." Mit diesen Worten erhob sich auch sein Vater. „Ich wollte euch eigentlich schon vorher, sozusagen als kleinen Anreiz, dieses Angebot machen aber so ist es besser, denn ich weiß jetzt wie ihr zu meinem Sohn steht. Wenn ihr, erfolgreich oder auch nicht, heil aus dieser Schlacht zurückkehrt, werde ich Euch bei eurer Rückkehr die Hände meiner Töchter geben. Zusammen mit einer Grafschaft in meinem Reich. Ihr sollt mit mir und meinem Sohn gemeinsam dieses Reich zusammenhalten und vergrößern. Peter und Christoph sahen sich begeistert an. Gar nicht mal wegen der Grafschaft, sondern wegen der Töchter. Beide hatten immer davon geträumt, mit einer fantastischen Frau eine Familie zu gründen, und diese aus einer gehobenen Position heraus zu ernähren. Beides stand nun in Reichweite ihrer Fähigkeiten. „Kniet nieder!", sagte der König. Er zog sein Schwert und sagte während er die Schwertspitze bei jedem von Schulter zu Schulter führte: „Hiermit schlage ich Euch, Peter Pollmeier, und Euch, Christoph Stollmann, zu Rittern im Königreich Bielefeld. Außerdem erhebe ich Euch hiermit in den Adelsstand. Erhebt Euch als Ritter, Grafen und Gleichgestellte." Sie erhoben sich mit einem Lächeln im Gesicht. Die folgenden drei Wochen verbrachten die drei Freunde entweder zusammen bei gemeinsamen Kampfübungen oder mit ihren Verlobten. Hier zeigte sich der Wandel der Zeiten. Hätte eine Frau wie Caroline in der Zukunft nicht lange gezögert, mit ihrem Verlobten intim zu werden, so wurde hier größter Wert auf die Hochzeitsnacht gelegt. Das mussten Peter und Christoph akzeptieren.

Am 16 September 1629 war es dann soweit. In einem Gottesdienst wurde den drei Freunden der Segen zum Schutz erteilt. Der Hofmagier gab ihnen die letzten Informationen über den Drachen und dann ging es los. Bewaffnet bis an die Zähne, schwangen sich die drei Freunde in die Sättel um einem ungewissen Abenteuer entgegenzureiten. Beflügelt durch die versprochenen Hochzeiten und begierig auf ein wenig Action entschwanden sie dem Blickfeld der Zurückbleibenden.

Kapitel 7

Bis an die Zähne bewaffnet, ritt die kleine Kolonne ihrem ersten Ziel entgegen. Sechs Reiter stark war ihre Gruppe. Außer Prinz Henry, Christoph und Peter hatten sie noch drei Schildknappen bei sich, die ihre Waffen trugen. Sie ritten in einem gemächlichen Tempo ihrem ersten Ziel entgegen. Der Magier Magnus hatte sie aufgefordert vor ihrem Angriff auf den Drachen bei einem Zauberer in der Senne anzuhalten. Dieser verschrobene Einsiedler kennt angeblich einen Zauber der zumindest einen von den Dreien vor der Feuerkraft des Drachen schützen kann. Henry, als Anführer der Expedition, sollte sich diesem Zauber unterziehen, um eine besser Ausgangsposition im Kampf gegen den Drachen zu haben. Ihr Weg führte sie zuerst durch die Grafschaft Varensell, die neue Grafschaft von Peter, wenn er denn diesen Trip überleben sollte. Bis zum Abend hatten sie den Weg bis zur Grenze zum benachbarten Fürstentum Paderborn hinter sich gebracht. Sie hatten bereits alle Wappen und sonstige Erkennungszeichen von Ihren Rüstungen entfernt, und wollten sich als freie Ritter ausgeben, die von Hof zu Hof ziehen um den jeweiligen Herrschaften ihre Dienste anzubieten. Sie sahen bereits von weitem die gut bewaffneten Grenzposten. Das Fürstentum Paderborn und das Königreich Bielefeld lagen schon seit Jahren miteinander im Clinch. Direkt an der Grenze befand sich die Grenzklause. Eine heruntergekommen Absteige wo sich häufig Informanten und Unterhändler aus beiden Reichen trafen. Hier wollten sie, fern jeden Komforts, die Nacht verbringen. Zur Höhle des Drachen in der Grafschaft Detmold hätten sie direkt durchreiten können, aber um zu dem Zauberer zu kommen, ist ein durchqueren des feindlichen Fürstentums unumgänglich.

Sie stiegen ab und überließen ihre Pferde den Knappen. Ihnen allen tat der verlängerte Rücken sehr weh, und sie waren froh endlich ein paar Schritte gehen zu können.

Als sie die Grenzklause betraten, stieg ihnen sofort der Gestank von stinkenden Männern und verschüttetem Wein in die Nase. Es verschlug ihnen kurzfristig den Atem. Sie torkelten zwei Schritte zurück und holten noch einmal tief Luft bevor sie endgültig den kleinen dunklen Raum betraten. Der Raum war voll von Männern aller Klassen. An einem Tisch saßen einige nobel gekleidete Händler, die sich unter ihresgleichen hielten. An einem anderen Tisch fand man die jungen Bauern der Umgebung. Sie waren dreckig und stanken wie ein ganzer Ziegenstall. Auf ihrem Tisch tanzte eine der hauseigenen Huren zum Gedudel eines heimischen Musikers. Henry löste sich als erster aus der allgemein herrschenden Starre und ging auf die Theke zu. Er legte die Hände auf das glänzende Holz und merkte wie seine Hände sofort kleben blieben. Diese Theke hatte sicherlich schon lange kein Wasser mehr gesehen. Jetzt stellten sich auch Christoph und Peter hinter ihn. "Ich fange langsam an unseren Beschluss zu bereuen hier zu übernachten. Wir hätten vielleicht doch ein Lager im Wald errichten sollen." Er wandte sich an den Wirt: „Hört guter Mann, wir brauchen eine Übernachtungsmöglichkeit für uns und unsere Knappen." Außerdem einen Stellplatz für die Pferde." Der Wirt drehte sich langsam um, und musterte uns aufmerksam bevor er antwortete: „Die Pferde und eure Knappen können im Stall schlafen. Für Euch haben wir nur die Zimmer unserer Huren. Ihr könnt Euch überlegen eine Nacht mit den Damen zu verbringen oder auch im Stall zu schlafen." Zur Überraschung von Christoph und Peter lenkte Henry sofort ein und sagte: „Gut so machen wir es." Der Wirt gab ein Zeichen und sofort kamen drei Damen herbeigeeilt um sie in ihre Zimmer zu bringen. „Lasst Euch von ihnen mit Essen und Wein verwöhnen. Wenn ihr nicht mehr wollt, bezahlt ihnen die ganze Nacht und sie werden euch in Ruhe lassen und bewachen." Mit diesen Worten verabschiedete Henry sich von seinen Freunden. Ein wenig unschlüssig standen Christoph und Peter nebeneinander. „Was würden unsere Verlobten wohl sagen, wenn sie das wüssten?" ,fragte Peter seinen Freund. „Wahrscheinlich gar nichts." ,erwiderte Christoph gelassen, „So spontan und selbstbewusst, wie Henry das durchgezogen hat, scheint das in dieser Zeit eine normale Vorgehensweise zu sein. Lass es uns so akzeptieren und das Beste daraus machen." Damit nahm auch Christoph seine Begleitung an der Hand und machte sich auf den Weg auf sein Zimmer. Peter blieb nichts anderes übrig als das gleiche zu tun. Als er mit seiner Begleitung sein Zimmer aufgesucht hatte, ließ er sich erst einmal hervorragend bewirten und genoss das reichliche Mal in vollen Zügen. Als sie aber anfing ihn auszuziehen und es an der Zeit war ihr ihren Lohn zu geben, merkte Peter, wie die Situation anfing ihm zu entgleiten. Er spürte die Begierde in sich aufsteigen. Gleichzeitig sah er aber auch Melanie vor seinem geistigen Auge. Hastig entschuldigte er sich höflich bei der anwesenden Dame und hastete zu seinem Knappen in den Stall.

Am nächsten Morgen betraten Henry und Christoph Peters Zimmer, um ihn zu wecken. Entsetzt mussten sie feststellen, dass sich vier Füße unter der Decke bewegten. Henry dachte sofort an die Möglichkeit, dass seine Schwester betrogen wurde und zog mit einem Ruck die Bettdecke weg. Überrascht musste er feststellen, dass nicht Peter sondern sein Knappe sich unter der Decke vergnügte. Beschämt entschuldigte er sich und verließ mit Christoph den Raum. Peter erwartete sie bereits im Schankraum. Er hatte kurzerhand im Stall übernachtet und sein Zimmer seinem Knappen überlassen, der dies dankbar angenommen hatte. Als Henry das erfuhr, nahm er sich fest vor, diese Anekdote bei Gelegenheit seiner Schwester Melanie zu erzählen. Sie würde es zu schätzen wissen.

Nach einem erstaunlich guten Frühstück, machten sich die 6 Weggefährten wieder auf den Weg zu ihrem Ziel. Sie brauchten nicht weit zu reiten, um auf das erste Hindernis zu treffen. Zumindest glaubten sie das. Sie kamen an die Grenze. Erstaunlicherweise ließen die Grenzer sie schnell passieren. Anscheinend glaubte man ihnen ihre Alibigeschichte. Mit klopfendem Herzen, aber einem Lächeln auf dem Gesicht setzten sie ihre Reise fort. Gegen Mittag erreichten sie ihre erste Station auf dem Weg zum Senne Zauberer. Hövelhof. Peters Heimatstadt. Allerdings bestand der ganze Ort zur damaligen Zeit nur aus einigen Bauernhöfen die weit auseinander lagen und dem kurfürstlichen Jagdschloss, das auch in der Neuzeit noch existiert. Immer wenn der Paderborner Kurfürst zur Jagd in die Sennegefilde aufbrach, wohnte er in Hövelhof. „Hier wird sich noch viel verändern in den kommenden Jahrhunderten." ,scherzte Peter, „aber vielleicht treffen wir jetzt ja mal einen echten Kurfürsten." „Besser nicht, das könnte das vorzeitige Ende unserer Reise bedeuten. Er könnte mich erkennen, und vergesst nicht das wir im Clinch mit Paderborn liegen." Mit diesen Worten holte Henry seine Freunde schnell wieder auf den Boden der Tatsachen zurück.

Als sie sich bereits in Sicherheit glaubten, trafen sie außerhalb Hövelhofs auf eine Patrouille des Kurfürsten. Der Versuch sie zu ignorieren scheiterte kläglich, denn der Anführer rief sofort hinter ihnen her: „Halt. Auf ein Wort meine Herren. Ich bin von Kurfürsten ausgeschickt worden um Teilnehmer für sein Ritterfest zu finden. Ihr wisst ja, Brot und Spiele. Ihr seht aus, als wäret ihr daran interessiert, Eure Kraft und Euer Können unter Beweis zu stellen." Da Henry sich am besten mit diesen Dingen auskannte, war er es der antwortete: „Es tut mir leid, aber wir sind auf dem Weg zum Grafen von Detmold um ihm unsere Dienste anzubieten. Wir haben keine Zeit für Eure Spiele." „Das finde ich aber höchst unhöflich von Euch. Ihr durchreist unser Reich und seid nicht einmal bereit, Eure Kampfkraft in einem fairen Wettbewerb unter Beweis zu stellen? Ich will es also mal anders formulieren. Ihr könnt Euch entweder freiwillig zur Verfügung stellen, oder ich lasse Euch inhaftieren und lasse Euch um euer Leben kämpfen. Ihr habt die Wahl" „Eine Wahl sehe ich zwar nicht, aber wir werden Euch begleiten und freiwillig kämpfen." Also schlossen sich die drei Freunde der Patrouille an und ließen sich zum Kampfplatz führen. Ihre Knappen schlugen an Ort und Stelle ein Lager auf und warteten auf ihre Herren.

Bereits von weitem erklangen die Fanfaren von Schloss Neuhaus in der Nähe von Paderborn. Hier sollten die Spiele unter den Augen des Kurfürsten stattfinden. Als sie ankamen, wies man ihnen ein Zelt zu, aber sie hatten kaum Zeit sich vorzubereiten. Insgesamt hatten sich 16 Ritter zu diesem Spektakel eingefunden. Das erste Auswahlverfahren war denkbar einfach. Alle 16 wurden im Innenhof des Schlosses eingesperrt, während die Zuschauer an den Fenstern standen und begeistert ihre Favoriten anfeuerten. Die Ritter mussten solange gegeneinander kämpfen, bis nur noch 8 übrig waren. Es sollte allerdings kein Kampf auf Leben und Tod sein. Sobald ein Kämpfer aufgab, wurde das von den anderen akzeptiert. Henry hatte sich einen Helm mit fast geschlossenem Visier ausgesucht, damit der Kurfürst ihn nicht erkennen konnte. Dieses Risiko erschien ihm größer, als die Gefahr in die sich Peter und Christoph begaben, da sie nicht soviel Übung im Umgang mit den Waffen hatten, als das sie sich ernsthaft Siegchancen ausrechnen konnten. Allerdings hatten sie nicht genug Zeit, sich Gedanken darüber machen zu können. Die Fanfaren, die den Beginn des Turniers ankündigten, erklangen und die Teilnehmer betraten das Kampfareal. Auf seinem Balkon erhob sich der Kurfürst. Wortlos blickte er die Kämpfer an und erhob den rechten Arm. Er reckte seinen Daumen nach oben. Damit war der Kampf eröffnet.

Während Henry sich mutig in das laute Kampfgetümmel stürzte, stellten sich Peter und Christoph dicht nebeneinander und versuchten die Angriffe abzuwehren. Allerdings ohne nennenswerten Erfolg. Es dauerte keine Minute, bis Peter von einem gegnerischen Morgenstern erst in die Seite und dann am Kopf getroffen wurde. Blutend und einer Ohnmacht nah vor Schmerzen ging er zu Boden. Er legte sich auf den Bauch und legte den rechten Arm ausgestreckt neben sich. Das Zeichen für die Aufgabe. Die Gegner ließen von ihm ab und konzentrierten sich auf Christoph. Er hielt nicht viel länger stand als Peter. Die Spitze einer Lanze traf in an der rechten Schulter und ließ in stürzen. Im Sturz traf er mit dem Kopf einen Mauervorsprung und viel ohnmächtig zu Boden. Als er wieder zu sich kam sah er auf den Kampfplatz und suchte nach Henry. Es fanden keine vereinzelten Kämpfe mehr statt. Es war nur noch ein Knäuel aus 9 Leibern. Die darum kämpften, nicht der letzte zu sein. Plötzlich ließen die Kontrahenten voneinander ab und trennten sich. In der Mitte lag ein bewusstloser Mann, aber es war nicht Henry. Er hatte triumphiert und war in der engeren Auswahl. Jetzt waren aber erst einmal 15

Minuten Pause angesagt. Henry kam zu seinen Freunden. Er sah aus, als hätte gar kein Kampf stattgefunden. Frisch und fidel strahlte er Gelassenheit aus, soweit man das unter seinem Helm beurteilen konnte. Sie saßen unter dem Balkon und daher konnte Henry es wagen sein Visier hochzuschieben. Kaum das sie sich ein wenig erholt hatten, erklang das Signal zur Fortführung des Kampfes. Henry begab sich zurück auf seinen Platz, und nahm die Position ein. Als nächstes war das Bogenschiessen dran. Die zwei schlechtesten Schützen würden ausscheiden. Henry hatte sich vorgenommen, besonders schlecht zu schießen. Er hatte aber nicht damit gerechnet, wie schlecht die anderen waren. Er hatte weit an der Mitte vorbei getroffen, aber zwei andere hatten die Scheibe völlig verfehlt, sodass Henry weiter im Turnier blieb. Nun waren es nur noch sechs von sechzehn. Diesmal fanden drei Zweikämpfe statt. Die Waffen wurden vom Kurfürsten ausgewählt. Alle Kämpfer sollten mit dem Morgenstern kämpfen. Das war gut für Henry, der damit gut umgehen konnte. Im Gegensatz zu seinem Gegner. Während sein Kontrahent, ein perfekter Schwertkämpfer, den Morgenstern unbeholfen in der Hand hielt, holte Henry aus und schlug seinem Gegner die Füße vom Boden. Der am Boden liegende wusste das er keine Chance hatte und ergab sich sofort. Damit war der Kampf schnell entschieden. Die anderen Kämpfe endeten nach einigen weiteren Minuten.

Der Kurfürst erhob sich und sagte: „Verehrte Kämpfer, um den Anreiz zu steigern, werde ich jeden der jetzt noch ausfällt für 30 Tage in den Kerker werfen lassen. Ich möchte das Ihr alle euer Bestes gebt." Dieser kurze Kommentar änderte die Sachlage ein wenig. Henry konnte es sich nicht leisten 30 Tage zu verlieren, also musste er alles geben was er konnte. Welche 2 Kämpfer in den letzten Zweikampf gingen, würde sich noch einmal beim Bogenschießen entscheiden. Der erste versenkte seinen Pfeil leicht links von der Mitte. Der Zweite direkt daneben, genau in der Mitte. Henry war der Dritte. Für ihn wurde es jetzt sehr schwer. Er nahm den schweren Bogen in die Hand und erinnerte sich an seinen

Unterricht. Er zielte lange und genau. Dann ließ er die Sehne los. Der Pfeil flog schnell durch die Luft und verursachte einen leisen Heulton durch die verdrängte Luft. Er traf den Pfeil des zweiten Schützen und spaltete ihn in der Mitte. Damit standen die beiden Finalisten klar fest.

Das Finale ließ auch nicht lange auf sich warten. Henry und sein Gegenüber sahen sich tief in die Augen. Alle erwarteten einen langen Kampf. Sie sollten enttäuscht werden. Henrys Gegner, ein Hüne von einem Mann stürzte auf Henry zu und drückte ihn an die Mauer des Innenhofs. Er war eindeutig stärker und drückte ihm die Klinge des Schwertes an die Kehle. Er wartete darauf das Henry aufgab. Doch diesen Gefallen tat er ihm nicht. Henry verkeilte sein Schwert in der Mauer und drückte die Spitze mit einer großen Kraftanstrengung in den Griff des gegnerischen Schwertes. Den Gegner dadurch auf Distanz haltend tauchte er unter ihm weg und zog sein Messer, aber das war gar nicht mehr nötig. In dem Moment löste sich seine Schwertspitze aus dem Griff heraus und durch die eigene Kraft getrieben sprang sein Gegner in Henrys in die Mauer gestrecktes Schwert hinein. Mit einem Röcheln ging er zu Boden. Das Schwert steckte in seiner rechten Schulter. Henry stürzte hinzu und zog das Schwert mit einem Ruck heraus. Sofort kamen Helfer hinzu und trugen den Verletzten hinfort. Henry stellte sich vor den Balkon und verbeugte sich vor dem Kurfürsten. Dieser erhob sich und sagte: „Bravo. Im Gegensatz zu Euren zwei Freunden seid Ihr wahrhaft ein großer Kämpfer. Ich nehme an sie sind Eure Schüler?" „So ist es", antwortete Henry. „Dann möchte ich Euch an meinem Hof halten und Euch meine Sicherheit anvertrauen." „Dieser Ehre sind wir nicht würdig, außerdem haben wir bereits dem Grafen von Detmold unsere Dienste angeboten. Ich fürchte dieses Angebot muss ich ausschlagen." Das Lächeln im Gesicht des Kurfürsten gefror auf der Stelle. Er schrie: „Ihr wagt es dieses Angebot auszuschlagen? Nehmt den Helm ab und zeigt mir Euer Gesicht, damit ich weiß wer zu solch einer Unverfrorenheit fähig ist." Urplötzlich war Henry von mehreren Wachen umringt die ihre Schwerter gezogen hatten. Ihm blieb keine andere Wahl als zu hoffen dass man ihn nicht erkennen würde. Er nahm den Helm ab und sah den Kurfürsten an. Doch er erkannte ihn sofort und lächelte als er sprach: „Wer hätte gedacht das ich soviel Glück haben sollte. Der Sohn meines schlimmsten Gegners. Willkommen Prinz Henry." Seine Augen wanderten von Henry zu den Wachen und er sagte: „Packt alle drei und sperrte sie ein!"

Kapitel 8

Starke Armen griffen nach ihnen. Peter und Christoph griffen sofort zu ihren Waffen, aber sie fingen einen warnende Blick von Henry auf, der sich selbst auch widerstandslos ergab. Mit einem lauten Fluch ließen sie ihre Waffen fallen und gaben auf. Sie wurden in Ketten gelegt und unter dem tosenden Beifall der anwesenden Zuschauer vom Platz geführt. Wie schon einige Wochen zuvor auf der Sparrenburg, wurden sie wieder in ein Verlies gesperrt. „Tja, und was nun?", fragte Peter seine Freunde. „Man wird uns voraussichtlich vorerst nicht umbringen. Man wird uns vielleicht foltern und versuchen Informationen von uns zu kriegen. Wahrscheinlich wird man versuchen meinen Vater unter Druck zu setzen. Man wird versuchen unser Leben gegen sein Reich einzutauschen, aber das wird er nicht tun. Wir können nichts tun als abzuwarten, ob sich eine Gelegenheit zur Flucht ergibt."

Am nächsten Tag wurden sie nacheinander zum Verhör abgeholt. Sowohl Henry als auch Christoph kamen mit blauen Augen und dicken Schwellungen zurück in die Zelle. Henry sollte recht behalten. Man wollte sie nicht töten, sondern sie benutzen. Peter wurde als letzter abgeholt. Eskortiert von zwei Wachen wurde er in einen Raum geführt der vollgestopft war mit Folterwerkzeugen. Man schnallte ihn auf der Streckbank fest. Als er sich nicht mehr bewegen konnte, öffnete sich die Tür und der Kurfürst persönlich kam herein um das Verhör zu führen. Nach ihm betrat eine alte Frau, gehüllt bis über den Kopf in alte Tücher, den Raum. „Das ist meine Beraterin. Sie ist in der Lage zu erkennen wenn jemand nicht die Wahrheit sagt. Ihr werdet es bemerken." Er machte eine kurze Handbewegung und seine Helfer drehten das erste mal an dem klobigen Holzrad an der Streckbank und sie begannen Peter in die Länge zu ziehen. Peter fühlte sich, als hätte man ihn zwischen zwei Autos gebunden. Er fühlte wie seine Haut sich dehnte, und an manchen Stellen kurz davor war auseinander zu platzen. „Rede, warum seid ihr wirklich hier?", fragte der Kurfürst. Peter gab seine Alibigeschichte zum

Besten und verfiel wieder in Schweigen. Die alte Frau kam nach vorne und flüsterte: „Er lügt." „Na, das war nun wirklich nicht schwer zu erraten.", zischte Peter zwischen den Zähnen hervor. Aus den Augenwinkeln sah er seinen Peiniger wieder an dem Rad drehen. In dem Moment merkte er auch bereits die Schmerzen. Als die Haut unter den Achseln endgültig nachgab und aufplatzte gab er einen kurzen aber heftigen Schmerzschrei von sich. In diesem Moment fiel Peter die Lösung ein, wie er von dieser Bank runterkommen konnte. Er würde einfach die Wahrheit erzählen, aber die ganze Wahrheit. Er lies seiner Erleichterung freien Lauf. Er erzählte ausführlich von der Zukunft, von ihrem Trip in die Vergangenheit und von der Aufgabe die sie erwartete. Nur den Grund für ihren Aufenthalt im Fürstentum Paderborn verschwieg er. Aber schweigen ist kein lügen. Seiner Berechnung nach musste die alte Frau feststellen, dass er nicht log. Glauben würde man ihm trotzdem nicht. So kam es dann auch. „Er lügt nicht. Er glaubt wirklich das alles erlebt zu haben. Das kann aber nicht sein. Er scheint übergeschnappt zu sein. Von ihm werdet ihr nichts erfahren. Das ist seine Realität und etwas anderes werdet ihr von ihm auch nicht erfahren." Diese Worte aus dem Munde der alten Frau holten Peter von der Streckbank.

Zurück im Verlies berichtete er seinen Freunden von seiner Erfahrung. Sie beschlossen es auch zu probieren. Vielleicht erklärte man sie für verrückt und ließ sie frei.

Die Rechnung ging nicht ganz auf. Nachdem alle drei bewiesen hatten, dass sie offiziell verrückt waren kam der Kurfürst in ihre Zelle. Peter und Christoph wurden gepackt und bewusstlos geschlagen. Henry musste tatenlos zusehen.

Mit einem Schlag war Peter wieder wach. Er merkte dass er mit den Füssen strampelte und dass ihm Wasser in die Ohren lief. Er verstärkte seine Bemühungen und fing langsam an die Begebenheiten um ihn herum wahrzunehmen. Über sich sah er lachend den Kurfürsten stehen: „Geht, ihr Verrückten. Geht los und erzählt Eurem König dass ich seinen Sohn habe und mit ihm verhandeln will. Ich erwarte seine Antwort in den nächsten 30 Tagen, also sputet euch."

Er sprach die ganze Zeit in der Mehrzahl. Das machte Peter stutzig. Er sah sich um und sah Christoph bewusstlos neben sich treiben. Er zog ihn aus dem Burggraben und untersuchte ihn. Er war nur bewusstlos und lebte noch. Nach einigen Minuten kam er zu sich. Peter berichtete ihm was geschehen war und sie beschlossen sich erst einmal aus der Nähe des Schlosses zu entfernen. Unterwegs berieten sie ihre weitere Vorgehensweise: „Auch wenn wir beide recht unerfahren sind, denke ich wir sollten uns später trennen." , sagte Peter, „Einer zieht mit einem unserer Knappen los nach Bielefeld und kommt mit einer ausgesuchten Truppe zurück und versucht Henry zu befreien, ohne einen Krieg anzuzetteln. Der andere führt mit den anderen beiden Knappen die Mission zu Ende, oder versucht es zumindest. Henrys Kleiner ist jetzt schon solange gefangen, er soll nicht noch warten müssen bis Henry befreit ist." „Und wer macht was?" „Wir werden eine Münze werfen." Gesagt getan. Peter nahm Kopf und Christoph Zahl. Peter warf die Münze hoch und ließ sie auf den Boden fallen. Kopf lag oben, also war die Arbeitsteilung klar. Peter musste schlucken. Ihm wurde gerade klar, dass er eindeutig den gefährlicheren Part zu bewältigen hatte.

Am Abend erreichten sie den Lagerplatz ihrer Knappen. Man hatte sie unbehelligt gelassen. Sie freuten sich über die Rückkehr ihrer Herren. Nach einem ausgiebigen Mahl stellten sie eine Wache auf und fielen in einen tiefen und erholsamen Schlaf. Am morgen trennten Sie sich. „Ich werde versuchen beim Grafen von Detmold Verstärkung zu erhalten. Vielleicht gibt er mir ein paar Männer wenn ich ihm unsere Geschichte erzähle." Mit diesen hoffnungsvollen Worten verabschiedete Peter sich von Christoph. Sie umarmten sich noch einmal brüderlich und dann trennten sich ihre Wege.

Peter und seine zwei Knappen Christian und Andreas machten sich auf den Weg zum Senne Zauberer. Sie wussten, es konnte nicht mehr weit sein. Sie hatten eine Karte, in der das Lager des Zauberers eingezeichnet war. Aber die Senne sah zu dieser Zeit überall gleich aus, daher fanden sie die Hütte erst am späten Abend. Von außen konnte man vermuten, dass es sich hier um einen ganz normalen

Bauernhof handelte. Peter bedeutete seine Knappen draußen zu warten, und klopfte an. Erst zaghaft und dann fester. Von innen ertönte ein schlurfendes Geräusch, begleitet von einer hellen Stimme die vor sich hin schimpfte. Die Tür öffnete sich und ein richtiger Zwerg stand vor Peter. Der Mann der öffnete war kaum mehr als einen Meter groß. Er hatte einen langen weißen Bart und eine helle Stimme. Peter musste augenblicklich an die sieben Zwerge denken. Er unterdrückte seinen Drang zu lachen und sagte: „Guten Abend, ich bin Graf Peter von Varensell. Ein Bote müsste Euch auf mein Kommen vorbereitet haben." „Jaja", sagte der Zwerg, „ein Bote des Königs von Bielefeld hat mir gesagt, ich sollte seinen Sohn einem Schutzzauber unterziehen, aber das seid nicht Ihr. Wo ist Henry III?" „Das ist eine lange Geschichte. Wenn ihr mir die Gelegenheit gebt, werde ich sie Euch gerne erzählen." „Na dann kommt mal rein in die gute Stube", der Zwerg machte eine einladende Geste und Peter ging voran in das Haus. Sie machten es sich bequem und Peter erzählte seine Geschichte. Als er geendet hatte, wurde es schon wieder hell. „Ich werde den Schutzzauber in diesem Fall über Euch legen", sagte der Zwerg, „Ihr könntet mich zwar belügen, aber das würde ich merken. Ich glaube Euch. Legt Euch nun zur Ruh. Ich werde alles vorbereiten." Müde von der Reise und der langen Erzählung legte sich Peter auf ein einfaches Heulager und schlief schnell ein.

Geweckt wurde er von der hellen Mittagssonne. Er fand den Zauberer draußen bei seinen Vorbereitungen. Peter hatte damit gerechnet, dass er irgendein Ritual über sich ergehen lassen müsste, aber dem war nicht so. Der Zwerg reichte ihm nur einen Becher. „Diesen Zaubertrank kann ich nur einmal in meinem Leben brauen, aber ich denke Eure Mission ist es wert diesen Bonus zu vergeben. Trinkt das und kommt nach 2 Stunden wieder zu mir." Er reichte Peter einen hölzernen Kelch und ging ins Haus. Peter sah sich den angeblichen Zaubertrank genauer an. Er sah aus wie Rotwein, dafür stank er bestialisch nach Erbrochenem. Peter hielt den Becher noch einmal weit von sich um klare Luft zu atmen und trank den Becher dann in einem Zug aus. Sofort überkam ihn eine schreckliche

Übelkeit und er war kurz davor den Trank wieder zu erbrechen. Er wusste dass er das nicht durfte. Er trank klares Wasser hinterher und bald ließ die Übelkeit nach. Er ging 2 Stunden spazieren und klopfte dann wieder an der Hütte an. Der Zauberer kam heraus und führte Peter zu einem großen Feuer hinter dem Haus. Er nahm ein großes brennendes Scheit heraus und stieß ihn Peter so schnell ins Gesicht, das er sich nicht mehr wehren konnte. Er sah die Flammen vor seinen Augen tanzen und spürte wie das Licht ihn blendete, aber Schmerzen hatte er keine. Er betastete sein Gesicht und bemerkte keine Verbrennungen. Lediglich ein paar Haare waren verschmort. Ansonsten ging es ihm gut. Der Zauber wirkte also. „Aber Vorsicht", ermahnte ihn der Zwerg, „die Wirkung hält nur 30 Tage an. Daher beeilt Euch, eure Mission zu erfüllen." Bald darauf verließen Peter und seine Leute die Senne und machten sich auf den Weg nach Detmold um beim dortigen Grafen um Hilfe zu bitten.

Währenddessen ritten Christoph und sein Knappe auf dem schnellsten Weg nach Bielefeld um Verstärkung zu holen. Sie kamen spät abends auf der Sparrenburg an und Christoph ließ sich sofort zum König führen, um ihm zu berichten. Noch in der gleichen Nacht wurde ein Kommandotrupp der besten Bielefelder Krieger ausgewählt um Christoph zu begleiten.

Die Nacht verbrachte er bei seiner Verlobten Caroline. Auch wenn sie sich weiterhin weigerte sich ihm vor der Ehe hinzugeben, so schliefen sie doch eng aneinander gekuschelt ein.

Früh am nächsten Morgen brach ein 10 Mann starker Kampftrupp mit Christoph zusammen auf, um Henry zu befreien. Ihm zur Seite hatte der König General Franz gestellt. Der Heerführer der Grafschaft Varensell, also der Chef von Peters Leibgarde. Er galt als der beste Krieger im ganzen Königreich. Er verfügte einfach über mehr Erfahrung als Christoph um solch ein Kommando zum Erfolg zu führen. Bei Nacht drangen sie an einer unbewachten Stelle in das Königreich ein und marschierten nur nachts. Tagsüber hielten sie sich in den Wäldern versteckt. Am zweiten Tag nach ihrem Aufbruch trafen sie sich im Wald mit einem ihrer Informanten, der ihnen einen

Plan von Schloss Neuhaus brachte. Sie berieten lange über ihre Taktik und beschlossen es durch die Abwasserkanäle zu versuchen. Sie wussten, dass sie sich beeilen mussten wenn sie vielleicht Peter noch bei der Drachenjagd helfen wollten.

Im Schutz der Dunkelheit robbte der Trupp sich von der Waldseite heraus an das Schloss heran. Lautlos glitten sie nacheinander in das dunkle Wasser. Sie wollten mit fünf Mann in das Schloss eindringen, um nicht zu sehr aufzufallen. Christoph, als unerfahrener Feldherr sollte draußen bleiben. Zu seiner eigenen Sicherheit, aber da er wusste wo Henry gefangen gehalten wurde, bestand er auf seiner Teilnahme. Er unterstellte sich allerdings für diesen Einsatz dem Kommando des Generals. Sie tauchten einige Male und tasteten die Wand ab. Schließlich fanden sie den Eingang in die Kanalisation und stellten fest, dass er völlig unter Wasser stand. Sie konnten nur hoffen dass sie solange die Luft anhalten konnten. Fünf Minuten lang atmeten sie tief ein und aus um ihre Lungen freizukriegen. Dann holten sie tief Luft und tauchten los. Christoph musste schon nach wenigen Metern das erste Mal einen Teil seiner Luft aus den Lungen pressen. Er konnte sich nur tastend fortbewegen. Er sah überhaupt nichts. Nach und nach gab er immer mehr seiner kostbaren Luft frei. Als er glaubte gleich sterben zu müssen, fühlte er sich von starken Armen empor und aus dem Wasser gezogen. Er schnappte nach Luft und füllte seine Lungen mit herrlichem kühlem Sauerstoff. Sie waren drin.

Sie blieben zehn Minuten am Boden sitzen um sich ein wenig zu erholen. Dann begannen sie sich umzusehen. Sie befanden sich in einem Notdurftbeseitigungsraum. Was die Adeligen an Notdurft verrichteten wurde hier verdünnt und in die Kanalisation gespült. Sie waren die ganze Zeit durch Exkremente geschwommen. Das Gute daran war, sie waren bereits im Gefangenentrakt. Der General gab genaue Anweisungen wie sie vorzugehen hatte. Das klang alles sehr kompliziert, aber es hieß nicht anderes wie reingehen, zuschlagen, den Prinzen befreien und abhauen. Das erste Gemetzel ließ auch nicht lange auf sich warten. Während die fünf Krieger sich auf die

Angreifer stürzten, stahl sich Christoph an Ihnen vorbei und befreite Henry aus seiner Zelle. Er sah schrecklich aus. Man hatte ihn fürchterlich gefoltert. Er konnte kaum stehen. Aber der Anblick seines Freundes gab ihm neue Kraft. Er ließ sich von Christoph aufhelfen. „Wo ist Peter?" „Auf dem Weg nach Detmold um Deinen Sohn zu holen. Wir mussten uns trennen um nicht noch mehr Zeit zu verlieren." „Soll das heißen, Peter kämpft allein gegen den Drachen?" „Ja" „Das kann er niemals schaffen. Los. Wir müssen hier raus und ihm helfen." Henry nahm Christophs Schwert und stürzte sich von hinten auf die Angreifer. In seiner Wut schlachtete er alles ab was ihm in den Weg kam. Bald war der Kampf entschieden und so schnell wie sie gekommen waren, war der Trupp mit einem befreiten und glücklichen Prinz Henry wieder in Freiheit. Henry schickte sofort einen Boten voraus nach Detmold um Peter zu bitten auf sie zu warten. Dann machten auch sie sich auf den Weg, raus aus dem Feindesland.

Inzwischen hatte Peter Detmold erreicht. Am gleichen Abend wie der Bote los ritt, trat er vor den Grafen von Detmold. Er und seine Knappen ließen sich von ihm bewirten und erzähltem ihm ihre Geschichte. Der war gerne bereit zu helfen. Er stellte ihm Material und Waffen zur Verfügung. Außerdem ließ er Freiwillige suchen, denn er konnte keinem befehlen sich mit dem Drachen anzulegen. Es kam nur einer. Ein freier britischer Ritter namens Sir Benders. Es entstand sofort eine große Sympathie zwischen den beiden. Verstärkt durch den neu gewonnen Freund machten sich die Gruppe bestehend aus Peter, Sir Benders und den zwei Knappen auf den Weg in die Höhle des Drachen. Nicht ahnend das die Verstärkung bereits unterwegs ist.

Kapitel 9

Die Höhle des Drachen war etwa einen Tagesritt von Detmold entfernt. Peter hatte sich freiwillig der Führung durch Sir Benders anvertraut. Er musste eingestehen, dass dieser britische Edelmann der erfahrenere Ritter und Fährtensucher war. Warum sollte Peter nicht davon profitieren, anstatt sich zu blamieren.

Je näher sie dem Ort des Geschehens kamen, desto mehr kam Peter die Gegend bekannt vor. Als sie gegen Abend das letzte Stück Wald hinter sich ließen, wurde seine Ahnung bestätigt. Vor sich, weit in den Himmel ragend, sah er die berühmten Externsteine. Er und Christoph waren kurz vor ihrem Trip in die Vergangenheit noch zu einer Fotosession dorthin aufgebrochen. Die fünf gewaltigen Steinsäulen waren bei ihrer Ankunft, noch nicht durch Brücken verbunden und es kletterten keine Touristen darauf herum.

Plötzlich bäumten sich die Pferde auf und warfen sowohl Peter als auch die Knappen von den Pferden. Nur Sir Benders konnte sich mit großer Mühe im Sattel halten. Gleichzeitig drang in tiefes Donnern durch das Tal und über die Wiesen. Ein unmenschliches Geräusch. Peter richtete sich vom Boden auf und sagte: „Was war das?" „Das war unser Gegner!", erwiderte Sir Benders ungerührt, „Was habt ihr denn gedacht womit ihr es zu tun habt. Mit einem kleinen Hund?" Wie zur Bestätigung seiner Worte sahen wir auf einmal einen gleißenden Feuerstrahl zwischen zwei der Felstürme hervorstoßen. Mit lauten Schritten, die den Boden leicht vibrieren ließen, stampfte der Drache aus seiner Deckung. „Los, zurück in den Wald!", schrie Sir Benders. Sie hetzten in die trügerische Sicherheit des Waldes und versteckten sich hinter einigen dicken Eichenstämmen. Vorsichtig lugte Peter aus seiner Deckung hervor und starrte fasziniert auf das grün-graue Ungeheuer das vor ihm über die Wiese stolzierte. Er dachte bis dahin immer, sprechende Drachen wären reine Fabelwesen, aber er musste sich eines besseren belehren lassen. Peter musste kurz nachdenken, bevor ihm der Name des Drachen einfiel: Drako. Drako schien sie bislang nicht entdeckt zu haben. Auf einmal drehte der Drache den Kopf und rief laut: „Henry, komm her. Die Barriere ist aufgehoben. Du kannst jetzt eine Stunde rumtoben. Du kannst später weiter die Höhle aufräumen." Die vier ungleichen Reiter mussten ihre Augen sehr anstrengen, um über die Wiese hinweg einen kleinen Jungen erkennen zu können. Er sprang über die Wiese, tollte herum und sprang über den Schwanz des Drachen. Drako lies das alles lachend über sich ergehen. Auch Henry schien großen Spaß dabei zu haben. „Es scheint ihm gut zu gehen. Es sieht nicht so aus, als würde der Kleine sich gefangen fühlen. Ich nehme an, dass täglich einmal diese Barriere geöffnet wird. Wir sollten ihn ein paar Tage beobachten und versuchen den kleinen Henry in einem günstigen Moment einfach da wegzuholen, ohne uns auf einen Kampf einzulassen.

Als Henry ihm auf den Schwanz sprang, ertönte ein markerschütternder Schrei quer durch den Wald. Drako drehte sich im Kreis und wedelte mit dem Schwanz, als wollte er seine offensichtlichen Schmerzen dadurch vertreiben. „Hochinteressant", sagte Peter zu seinen Kameraden, „ anscheinend hat auch dieses große Ungeheuer seinen wunden Punkt und ich glaube wir haben ihn gerade gefunden."

Die Nacht brach herein und die Herbstnächte wurden kalt und feucht. Sie wagten es nicht, ein Feuer zu entfachen. Die Angst von Drako entdeckt zu werden, siegte über den Drang die Kälte zu besiegen. Mitten in der Nacht wachte Peter auf. Das Schlafen auf diesen naturgetreuen Lagern, anstatt auf einer weichen Matratze, war nicht seine Welt. Die starken Schmerzen im Nackenbereich machten ihm schwer zu schaffen. Er stand auf und ging leise, um niemanden zu wecken, aus dem Lager und aus dem Wald heraus. Er wollte sich eigentlich nur ein wenig Bewegung verschaffen, um die Schmerzen zu vertreiben. Als er sich im Dunkeln den Externsteinen näherte, hörte er ein leises Stöhnen. Es klang wie ein Tier das unter starken Schmerzen litt. Es konnte nur Drako sein, der immer noch zu leiden schien. Er schlich zurück ins Lager und hinterließ seinen Kameraden eine Nachricht. Dann schlich er zurück und begann die Besteigung der Felsen.

Am frühen Morgen erwachte Sir Benders und suchte nach Peter. Als er die Nachricht fand, weckte er die Knappen und las es ihnen vor: „Guten Morgen liebe Freunde. Als ihr geschlafen habt, wurde ich heute Nacht auf ein leises Stöhnen Drakos aufmerksam. Ich habe daher beschlossen mir einen Beobachtungsposten auf den Felsen zu suchen um herauszufinden, was mit ihm nicht stimmt. Vielleicht kann ich ihm auch helfen und auf diese Weise seine Freundschaft gewinnen. Ich fürchte, im Kampf haben wir schlechte Karten gegen diesen Riesen. Was auch passiert, ihr werdet nicht eingreifen. Wartet auf mein Signal und harret der Dinge die da kommen werden. Peter"

Sir Benders war außer sich vor Wut, aber er hatte keine andere Wahl, als Peters Anweisungen zu folgen wenn er nicht das Leben von Henry IV und Peter gefährden wollte.

Währenddessen kamen Christoph und Henry III beim Grafen von Detmold an. Sie erfuhren, dass Henrys Bote einen Tag zuvor aufgebrochen war, um die Freunde über die Verstärkung zu informieren. Sie beschlossen, sofort aufzubrechen und den Kampf gegen den Drachen zu wagen.

Unterdessen begann die Herbstsonne auf Peters Rücken zu brennen. Er lag oben auf dem Felsen und beobachtete die Vorgänge im Tal. Tief unter ihm lag Drako immer noch zusammengerollt und schlief. Klein Henry rannte übermütig im Tal hin und her. Er schien Drako als neue Leitfigur akzeptiert zu haben. Gegen Mittag sagte Henry:" Drako, erzähl mir noch mal Deine Geschichte." „Also gut", sagte Drako, „Dann setz Dich mal hin." Henry kam zu ihm und setzte sich gespannt hin während Drako anfing zu berichten. Das war es worauf Peter gewartet hatte: „Vor langer Zeit waren wir Drachen die weisesten Geschöpfe auf dieser Welt. Wir lebten mit den Menschen zusammen, halfen ihnen und berieten sie. Dann verletzte sich einer von uns und wurde wahnsinnig vor Schmerzen und begann in seinem Schmerz den Menschen weh zu tun. Als er in einem Anfall von rasendem Schmerz einen Wutausbruch bekam und mit seinem Feuer ein Dorf vernichtete, begannen die Menschen uns zu fürchten und zu jagen. Viele von uns gingen in den Tod, weil wir zu spät begriffen dass wir uns wehren mussten. Wir begannen uns zu verstecken. Wir dienten nur noch den Menschen, die gut zu uns waren und uns die Chance gaben uns neu zu beweisen. Das waren nicht viele. Ich diente bis heute nur einem Menschen. Einem Zauberer. Er brachte dich hierher. Er erzählte mir, dass dein Vater böse sei und ich dich vor ihm beschützen müsste. Es haben danach viele tapfere Männer versucht dich zu befreien. Ich habe sie alle getötet. Aber jetzt, mein kleiner Freund, kommt ein Stück der Geschichte das Du noch nicht kennst. Ich habe heute Nacht geträumt. Geträumt von Deiner Mutter. Sie hat zu mir gesprochen. Ich habe gelernt meinen Instinkten zu vertrauen. Und das tue ich auch diesmal." „Was hat meine Mutter gesagt." „Sie hat mir die wahre Geschichte erzählt. Ich weiß jetzt, dass ich betrogen wurde. Dein Vater war ein guter Mann. Ich werde keine Ritter mehr töten. Ich werde ihnen sagen, dass Dein Vater seinen Sohn haben kann, wenn er ihn selbst abholt. Ich werde ihn erkennen wenn ich ihn sehe. Dessen bin ich mir sicher. Es kann nicht mehr lange dauern." „Was wirst Du dann machen" „Ich werde weiterhin versuchen einen Freund zu finden und ihm zu dienen und zu helfen. Aber jetzt wird es Zeit für dich, etwas Bewegung zu bekommen. Lass uns auf die Wiese gehen." Mit diesen Worten erhob sich Drako und wandte sich zum gehen. Er kam mit Henry zwischen den Felsen hervor und es begann das gleiche Ritual wie am Vortag.

Peter drehte sich auf den Rücken und entspannte sich. Er versuchte das Gehörte zu verarbeiten. Ihm als Mensch der Neuzeit fiel es zwar schwer an die Existenz von Drachen zu glauben, aber es fiel ihm nicht schwer an das Gute in einem Drachen zu glauben, denn er ist nicht mit den Vorurteilen der damaligen Zeit aufgewachsen. Also stand sein Entschluss fest: Er gab sich zu erkennen. Mit einem lauten Knacken seiner Knochen nach der langen Zeit auf dem Felsen erhob Peter sich und rief: „Ehrwürdiger Drako. Ich bin hier oben und möchte mit Euch reden, nicht kämpfen. Ich komme in Frieden und erwarte Euch." Drako hatte anscheinend gute Ohren, denn er reagierte sofort. Mit zwei schnellen Sätzen war er bei dem Felsen und baute sich zu seiner vollen Größe auf. Das alleine war schon furchteinflößend genug, denn er war jetzt mit Peter auf Augenhöhe. „Wer seid Ihr denn?", fragte Drako mit seiner tiefen Stimme. Peter rief so laut er konnte:" Ich bin Peter Pollmeier, Graf von Varensell und Ritter im Dienste König Henry II von Bielefeld. Ich bin ein Freund von Prinz Henry III und hier um Prinz Henry IV zu holen. Ich habe seit gestern hier gelegen und Euch beobachtet. Ich glaube Euch die Geschichte und bin bereit Euch die meine zu erzählen, wenn Ihr gewillt seid, meinen Worten zu lauschen." „Ich bin gewillt.", sagte Drako mit einem Ausdruck im Gesicht, der ein Lächeln sein könnte. Also erzählte Peter seine Geschichte, in der Hoffnung das Drako ihm glaubt und ihm Vertrauen und Freundschaft schenken würde. Als Peter seine Erzählung beendet hatte, fing es bereits an dunkel zu werden. Wider Erwarten sagte Drako: „Ich glaube Euch. Ich bin zu alt, um nicht alles für möglich zu halten. Auch ich verfüge über Kenntnisse der Magie, wenn auch nicht über so ausgereifte, das ich Euch in die Zukunft schicken könnte. Wenn Eure Daten stimmen, müsste der Vater meines Kleinen ja auf dem Weg hierher sein. Dann lasst uns gemeinsam auf ihn warten. Ihr behauptet ihr würdet mir glauben. Dann beweist es. Ich biete Euch mein Maul an um von diesem Felsen herunterzukommen. Nehmt ihr an, vertraut ihr mir wirklich und ihr werdet in mir einen guten Freund finden, sofern ihr mich nicht verratet." „Das werde ich nicht.", versprach Peter, „Öffnet Euer Maul und ich werde es betreten. Um mein Vertrauen zu beweisen, werde ich mein Schwert herunterwerfen. Ich bin somit vollkommen wehrlos. Wenn ihr mich verspeisen wollt, wünsche ich Euch guten Appetit." Mit diesen Worten zog Peter sein Schwert und warf es runter. Es drehte sich ein paar Mal bis es mit der Spitze im Boden stecken blieb und im Wind vibrierte. Drako öffnete sein Maul und mit einem Satz sprang Peter herein und hielt sich an den Zähnen des gewaltigen Lebewesens fest. Auf halber Höhe schloss sich das Maul des Drachen und Dunkelheit umhüllte Peter. Gleich einem Erdbeben fing Drako an zu lachen während seine Zunge auf und ab hüpfte. Peter wurde kräftig durchgeschüttelt und hatte bereits mit seinem Leben abgeschlossen, als das Maul sich wieder öffnete. Vor sich sah Peter die weite grüne Wiese. Mit einem schnellen Sprung verließ er die Zunge und funkelte Drako wütend an. Sofort setzte dieser einen reumütigen Blick auf: „Entschuldigt bitte, werter Graf, aber diesen kleinen Scherz konnte ich mir einfach nicht verkneifen." Jetzt musste auch Peter lachen. Gemeinsam gingen sie zwischen den Felsen hindurch. Peter schichtete Feuerholz auf und Drako entzündete es mit seinem Feuer. Zwischendurch ging Peter kurz zu seinen Kameraden und befahl ihnen, im Wald zu warten bis Henry III auftauchte und sie sollten ihn und Christoph dann auf die Wiese bringen und nach ihm rufen lassen.

Henry und Christoph ließen nicht mehr lange auf sich warten. In voller Bewaffnung tauchte die gesamte Armee auf der Wiese auf und forderte in einem Anfall von Größenwahn die Kapitulation des Drachen und die Freilassung von Henry Junior und Peter. Außerdem sollte Drako die Gehirnwäsche rückgängig machen, die er offensichtlich beiden verpasst hatte. Laut lachend kam Peter auf die Wiese: „Was soll der Scheiß. Nehmt die Waffen runter und verschwindet. Drako ist nicht der böse Drache für den ihr ihn haltet. Er wird dir deinen Sohn sofort wieder geben, wenn Du ihn freundlich darum bittest. Schick die Armee nach Hause und komm mit. Du auch Christoph." Widerwillig gehorchten alle. Die drei Freunde verschwanden zwischen den Felsen. Henry und Christoph fuhren sofort mit der Hand an ihre Schwerter als sie den gewaltigen Drako sahen. Peter ging sofort beschwichtigend dazwischen. „Los Henry, bitte ihn um deinen Sohn." „Oh, Schitt", sagte Henry, „Tja, also gut. Verehrter Drache, oder Drako, wie Ihr heißt. Ich bitte Euch höflichst, mit meinen Sohn wieder zu geben." „Hoho, warum nicht gleich so. Lauf kleiner Mann. Das ist dein Vater. Ich weiß es." Hinter Drako kam Henry Junior hervor. Er blieb kurz stehen und sah die drei Freunde der Reihe nach an. Alle warteten darauf, ob er seinen Vater erkennen würde. Er tat es. Er rannte auf Henry zu und umarmte ihn. Beiden rannen die Tränen durchs Gesicht. „Danke Drako. Mir scheint wir hatten eine falsche Meinung von Euch. Ihr scheint Euch gut um meinen Sohn gekümmert zu haben. Ich werde allen davon berichten." „Ich bitte darum, denn ich werde Euch begleiten. Ich habe in Peter einen neuen Freund gefunden und ich werde ihm in Varensell treue Dienste leisten." Entgeistert starrten Christoph und Henry auf ihren Freund. Peter zuckte mit den Achseln und sagte: „Na ja, man weiß nie wozu ein Drache als Freund mal gut sein kann." Mit diesen Worten brachen sie auf. Sie gingen zu Ihrer kleinen Armee und räumten das Lager.

Wenn sie diese Entwicklung geahnt hätten, hätten sie sich viele Aufregungen sparen können. Kein Gang zum Zauberer. Keine Turniere und keine Gefangenschaft. Aber all das war nebensächlich. Sie hatten ihr Ziel erreicht. Und unter den wachsamen Augen von Drako, der über ihnen flog, machten sie sich auf den beschwerlichen Weg nach Hause.

Kapitel 10

Die Sonne war gerade untergegangen. Das Lagerfeuer erhellte die kleine Lichtung in alle Richtungen. Die Soldaten der königlichen Armee hatten ihre Nachtstätten im näheren Umkreis verteilt. Die Führungsgruppe mit Prinz Henry an der Spitze hatte sich um das Feuer versammelt und ließen die vergangenen Ereignisse Revue passieren. Direkt hinter Peter lag Drako zusammengerollt und nahm mit seinen außergewöhnlichen Körpermaßen die Hälfte der freien Fläche ein. Er und Peter hatten sich während des Tages lange unterhalten und Pläne für die Zukunft gemacht. Auch Henry hatte sich lebhaft daran beteiligt, denn er wollte Drako für den Kampf abrichten, was Drako selbstverständlich für keine gute Idee hielt. Allein dieses Anliegen zeigte bereits, wie groß das Vorurteil des „bösen Drachen" in der Bevölkerung verwurzelt war.

Mitten in der Nacht wurde Christoph von lautem Kampfeslärm aus der unmittelbaren Umgebung geweckt. Er rüttelte seine Kameraden wach. In diesem Moment wurde auch Alarm gegeben für die Soldaten. Binnen weniger Minuten war die kleine Armee kampfbereit und zog leise aber hoch konzentriert los, um der Ursache des Kampfes auf den Grund zu gehen. Als sie den Waldrand erreichten, sahen sie das Dorf Lage vor sich auftauchen. Sie hatten besten Überblick über die Geschehnisse, denn das kleine Dorf stand in hellen Flammen. Die Strohdächer der Häuser waren ein gefundenes Fressen für das Feuer. Die Häuser die noch nicht betroffen waren, fingen nach und nach auch an zu brennen denn der Wind stand so ungünstig, das der verheerende Brand immer neue Nahrung fand. „Also los Männer. An die Arbeit. Seht zu, dass ihr den Brand gelöscht bekommt. Helft den armen Leuten.", rief Henry seinen Soldaten zu. Peter drehte sich zu dem hinter ihm stehenden Drako um und fragte: „Kannst Du ihnen auch irgendwie helfen?" Drako nickte nur kurz und schwang sich in die Lüfte. Er landete an einem See in der Nähe und füllte seinen nicht gerade kleinen Magen mit Wasser. Voll bis obenhin flog er zurück zum Dorf und spuckte seine komplette Ladung über dem erstbesten Haus wieder aus. Mit einem lauten Zischen verebbte das Feuer. Weißer dichter Qualm stieg auf und vernebelte die Sicht für die Soldaten. Die ersten Bewohner fingen an stark zu husten. „Rückzug, Rückzug", schrie Peter, „Schafft die Menschen aus dem Dorf und lasst Drako seine Arbeit machen." Die Soldaten hörten auf der Stelle auf Eimer zu schleppen und griffen sich die nächsten Dorfbewohner die sie erreichen konnten und begannen sie aus dem Dorf zu zerren. Währenddessen flog Drako weiter seine Löschflüge. Nach wenigen Minuten war das Dorf gelöscht. Überall stieg weißer Qualm auf und erinnerte die Überlebenden an das beendete Drama. Durch die schnelle Hilfe blieben von den meisten Häusern zumindest die Grundmauern stehen. Der Wiederaufbau des Dorfes würde zwar eine kleine Weile dauern, aber es war wenigstens nicht alles verloren.

Peter, Christoph und Henry trafen sich kurz darauf mit dem Dorfältesten. Ein hagerer weißhaariger Mann. Er war sicherlich schon mehr als 80 Jahre alt. Sein Gesicht war gezeichnet von vielen unangenehmen Erlebnissen in seinem langen Leben. Ein wärmendes Lagerfeuer wurde entzündet und der Alte fing an zu berichten: "Die Bewohner unseres kleinen Dorfes hatten sich bereits alle schlafen gelegt, als mich ein Hufgetrappel weckte. Ich erhob mich aus meinem Bett, was in meinem Alter schon etwas länger dauert. Als ich mir etwas übergezogen hatte, verließ ich meine Hütte und sah den Feind. Eine Horde schlimmster Barbaren war über unser Dorf hergefallen. Eine Gruppe von Räubern, die sich unter der Führung von Waldemar dem Geisteskranken gesammelt hatte, stahl unser Vieh und unsere Getreidevorräte. Einige von ihnen stiegen ab und nahmen die schönsten unserer Frauen mit sich. Die anderen waren in kleine Kämpfe mit den Bewohnern verwickelt. Wir sind aber nur Bauern und keine Krieger. Einige von uns haben dabei ihr Leben gelassen. Dann zündeten sie ihre Fackeln an und warfen sie auf unsere Dächer. Die Häuser standen sehr schnell in Flammen. Den Rest habt ihr selbst gesehen, und wenn ihr nicht eingegriffen hättet, wäre unser schönes Dorf komplett vernichtet worden." „Es war uns ein Vergnügen", sagte Henry, „aber Ihr scheint diese Gruppe von Räubern zu kennen. Wird diese Grafschaft schon länger von Ihnen belästigt." „Ja, aber der Detmolder Herrscher ist zu weit von uns weg. Es scheint ihn nicht zu stören." „Das werden wir ändern.", versprach Peter. Er suchte sich einen seiner Knappen aus, und schickte ihn mit einer Botschaft zum Detmolder Schloss. Der Graf sollte sofort Verstärkung schicken um diese Räuberbande ausfindig zu machen und auszuheben. Peter rechnete mit etwa zwei Tagen Reisedauer bis die Verstärkung eintreffen musste.

Als der Tag anbrach trennten sich die drei Freunde. „Wir reiten zurück nach Bielefeld. Ich muss endlich meinen Sohn zurück zu seiner Mutter bringen. Man wird sich langsam große Sorgen um den Verbleib unserer Truppe machen. Außerdem habe ich in unserer kleinen Truppe die besten Soldaten unseres Königreichs vereinigt. Mein Vater wird froh sein, wenn die Jungs wieder auf ihren Posten sind. General Franz bleibt hier. Eigentlich untersteht er ja eh Deinem Kommando. Er ist der beste Einzelkämpfer den wir haben. Ich wünsche Dir alles Gute. Vernichtet diese Bestien und kommt gesund zurück nach Bielefeld." Mit diesen Worten verabschiedete Henry sich von Peter. Christoph nahm ihn noch einmal freundschaftlich in den Arm. Sie verstanden sich ohne Worte. „Bestellt Melanie, dass ich sie sehr vermisse. Aber ich kann diese Menschen nicht ihrem Schicksal überlassen. Mal ganz abgesehen davon, dass der Weg nach Bielefeld nicht so weit ist, das diese Banditen nicht auch nach uns kommen könnten. Ich hoffe, das wir mit Drakos Unterstützung den Gangstern das Fürchten lehren können."

Die kleine Armee aus dem Bielefelder Königreich machte sich auf den Weg in Richtung Heimat. Unter der Führung von Prinz Henry und Christoph, Graf vom Holter Land, legten sie in zwei ereignislosen Tagen die Strecke bis zur Sparrenburg zurück. Besonders Henry sah man die Anspannung der vergangenen Zeit an. Die Gefangenschaft auf Schloss Neuhaus hatte tiefe Narben in seinem, früher noch jugendlich wirkendem, Gesicht hinterlassen. Als Schatten ihrer selbst marschierte der Trupp in den Schlosshof hinein.

Susanne war die erste die herbeigeeilt kam. Ihr Gesicht war schön wie immer, aber ihre Augen sahen aus als hätte sie die letzten Tage weinend auf ihrem Bett verbracht und nicht damit gerechnet ihre Familie lebend wieder zu sehen. Henry sah sie und setzte seinen Sohn auf dem Boden ab als er sagte: "Da kommt deine Mutter. Lauf zu ihr, kleiner Mann." Er gab seinem Sohn einen Klaps auf den Po und Henry junior rannte auf seine Mutter zu. Susanne erkannte ihren Sohn im gleichen Augenblick. Ihre Augen weiteten sich unter Tränen und ein herzliches Lächeln zauberte sich auf ihr Gesicht. Laut schluchzend vor Glück schloss sie ihren Sohn in die Arme. Sie küsste ihn immer wieder und so sehr er sich auch wehrte, sie ließ ihn nicht los. Henry trat hinter sie und legte sanfte seine Arme um ihren Hals. Eine glückliche Familie war wieder vereint worden.

Nach und nach versammelten sich immer mehr Menschen um die Heimkehrer. Selbstverständlich auch Caroline und Melanie. Prinzessin Melanie brach in Tränen aus, als sie hörte, dass ihr Verlobter Peter noch einen Kampf vor sich haben würde.

Zwischenbericht Peter Pollmeier

Das Unterholz knackte laut und vernehmlich als meine Freunde sich auf den Rückweg in Richtung Bielefeld machten. Ich sah ihnen nachdenklich hinterher. Würde es mir wirklich gelingen die Banditenorganisation zu zerschlagen? Zum Glück hatte ich Drako an meiner Seite. Das gab mir ein trügerisches Gefühl von Sicherheit. Als der Trupp aus meiner Sichtweite verschwunden war, drehte ich mich langsam um und sah mir noch einmal in aller Ruhe die Überreste des kleinen Dorfes an. Lage war gerade mal einige Jahre alt und schon muss diese junge Dorfgemeinschaft einen solchen Schlag verkraften und das Dorf wieder aufbauen. Mein neuer Freund Drako schwebte über dem Dorf und hielt Ausschau nach der angeforderten Verstärkung. Ich ging zur niedergebrannten Hütte des Dorfältesten. Es stand nicht gut um ihn. Nach all den Aufregungen hatte er einen Herzinfarkt bekommen. Ich öffnete die Tür und kniete mich neben sein Bett. Die Sonne schien hell durch das niedergebrannte Dach. Draußen fingen die ersten Männer des Dorfes an die Zerstörungen zu beseitigen. Er drehte den Kopf und sah mich an. Seine Finger tasteten nach meiner Hand. Ich ergriff seine schlaffen Finger und drückte sie leicht, damit er meine Anwesenheit bemerkte. Als ich anfing beruhigend auf ihn einzureden, hörte ich Drakos Stimme am Himmel:" Sir Benders, alter Haudegen. Auch mal wieder im Lande." Ich wusste sofort was das bedeutete. Die Verstärkung war eingetroffen und mein alter Weggefährte war auch dabei. Ich erhob mich leise vom Krankenbett und verließ die Hütte. Kaum stand ich auf dem Dorfplatz, sah ich eine kleine Gruppe aus dem Wald reiten. Als Sir Benders mich sah, lenkte er sein Pferd in meine Richtung. „Sir Benders, Willkommen in Lage. Wie ich sehe schickt der Graf seine besten Leute." „Ihr wisst genau dass ich freiwillig komme. Der Graf würde mir zwar gern befehlen, aber das wird nichts. Ich habe leider nur fünf Mann von ihm bekommen. Er glaubt damit würden wir es schaffen. Er freut sich zwar das Ihr dieses Wagnis auf eure Schultern ladet, aber ich soll Euch trotzdem daran erinnern das Ihr zu Gast in dieser Grafschaft seid und seine Probleme nicht gleichzeitig auch die Euren sind." Ich muss zugeben das ich etwas verdutzt war nach dieser Eröffnung: „Er braucht keine Angst haben das ich ihm etwas streitig machen will. Wir ziehen los, treten ihnen in den Arsch dann reite ich so schnell zurück nach Bielefeld zu meiner Verlobten, wie mein Pferd mich trägt." „Das klingt zwar gut", erwiderte Sir Benders, „aber was ist dieser Arsch in den wir sie treten sollen?" Ich konnte mir ein leichtes Grinsen nicht verkneifen, als ich abwinkte. So ganz hatte ich mich immer noch nicht an die mittelalterliche Sprache gewöhnt. Besonders da wir drei Freunde untereinander die gewohnten Wörter weiterbenutzten.

Am nächsten morgen brachen wir auf. Wir hatten von den Bewohnern eine ungefähre Richtungsangabe bekommen, und Drako hat die Nacht damit verbracht die weitere Umgebung aus der Luft abzusuchen. Etwa 2 Reitstunden entfernt, hatte er einige Feuer ausgemacht. Er konnte zwar nicht mit Bestimmtheit sagen ob es sich hierbei um die gesuchte Gruppe handelte, aber wir wollten es dort versuchen. Wir ritten einen strengen Galopp und erreichten unser Ziel noch bevor die Sonne ihren Zenit erreicht hatte. Die Pferde hatten wir 15 Fußminuten vorher stehen lassen und uns dann langsam vorwärtsgeschlichen. Sir Benders und ich lagen im Dickicht und beobachteten das Treiben auf der Lichtung vor uns. Wir wollten die Nacht abwarten eh wir angriffen. Etwa 20 Räuber waren zu sehen. Inmitten unter ihnen: Waldemar der Geisteskranke.

Der Plan war einfach: Während Sir Benders das Kommando über die fünf Spezialisten hatte, würde ich die Räuber zur Kapitulation auffordern. Unterstützt von Drako. Sollten sie nicht darauf eingehen, würden wir sie erst mit Pfeilen überschütten und zur Not danach im Zweikampf besiegen müssen. Auch wenn ich eingestehen muss, das dass schwer werden könnte.

Nachts um zwei war es dann soweit. Ich schlich langsam an den Rand des Lagers. Drako kam von oben herangeflogen. Er landete in der Mitte und stieß sofort einen markerschütternden Schrei aus, gefolgt von einem langen Feuerstrahl. Sofort war das ganze Lager wach aber auch wie gelähmt vor Schreck. Ich stellte mich in die Mitte und rief: „Ich fordere Euch allesamt auf, Euch sofort zu ergeben. Der Drache hier neben mir gehorcht mir aufs Wort und könnte euch schnellstens alle vernichten. Versteckt in den Wäldern ist eine Armee von Heckenschützen, bereit euch mit Pfeilen einzudecken." Das war das Stichwort. Plötzlich schwirrten 5 Pfeile durch die Luft und trafen die ersten 5 der Räuber. Da waren es schon 5 weniger. „Ihr konntet euch gerade vom Wahrheitsgehalt meiner Worte überzeugen. Wer sich ergeben will, kann einfach zum Waldrand gehen. Ihr werdet gefangen genommen und eure Beute wird den rechtmäßigen Besitzern zurückgegeben." Ich ließ die Worte wirken. Links neben mir machte der erste den Anfang. Er ging zum Waldrand und wartete auf seine Gefangennahme. Zwei von meinen Männern kamen aus dem Wald und fesselten ihn. Die anderen blieben in Bereitschaft. Dieser Mann schien Signalwirkung zu haben. Nachdem Drako noch einmal Feuer fauchte ging auch der Rest. Zum

Schluss stand mir nur noch Waldemar der Geisteskranke gegenüber. Sein Gesicht war rot angelaufen vor Zorn. Er kam auf mich zu. Ich zog mein Schwert. Dieser Mann war unberechenbar. „Wer zum Teufel seid Ihr. Wie könnt Ihr es wagen mich herauszufordern." Ich ließ diese Frage unbeantwortet im Raum stehen und blickte ihn nur herabwürdigend an. Mit einem Schrei stürzte er sich auf mich. Ich trat einen Schritt zur Seite und ließ ihn in mein gezogenes Schwert laufen. Ich entzog es seiner Brust und mit einem Röcheln ging er auf die Knie. Trotzdem zog er noch seinen Dolch und versuchte mit einem letzten Aufbäumen sich zu wehren. Ich holte aus und ließ mein Schwert auf sein Genick heruntersausen. Der Anblick des abgetrennten Kopfes ließ Übelkeit in mir aufsteigen. Ich unterdrückte Sie aber noch, um mir vor meinen Männern keine Blöße zu geben. Ich stellte mich neben den abgetrennten Kopf und beantwortete die Frage von vorhin: „Graf Peter von Varensell. Und ihr seid jetzt keine Gefahr mehr für uns alle." Danach ging ich allein in den Wald. Ich musste mich übergeben. So etwas war eine völlig neue Erfahrung für mich.

Nachdem ich einige tiefe Atemzüge genommen hatte, rief ich Sir Benders zu mir. Er sagte: „Unsere Arbeit ist getan. Ich werde zurück nach England gehen. Auf dem direkten Weg. Ich hatte eine Schuld einzulösen und ihr habt sie für mich gesühnt. Waldemar der Geisteskranke hat meinen Vater ermordet und war der Grund für meine Anwesenheit." Das war alles. Er schwang sich auf sein Pferd und ritt davon. Jetzt stand ich vor einem Dilemma. Ich wollte so schnell wie möglich nach Hause. Aber die Gefangenen mussten nach Detmold. „General Franz!", rief ich, „nehmt die Gefangenen und bringt sie nach Detmold. Richtet dem Graf meine besten Grüße aus und lasst die Beute an die rechtmäßigen Besitzer verteilen. Ich vertraue Euch. Ihr habt jetzt das Kommando. Drako und ich kehren nach Hause zurück."

Ende Zwischenbericht Peter Pollmeier

Mitten in der Nacht klopfte es an die Tür von Prinzessin Melanies Schlafgemach. Peter trat leise herein als niemand öffnete. Melanie lag schluchzend auf ihrem Bett. Er kniete sich neben sie und flüsterte leise ihren Namen. Als sie aufsah schien es, als würde alles Leid der Welt von ihren Schultern herabfallen. Wortlos sahen sie sich an und küssten sich. Sie war erschöpft und schlief sofort glücklich in seinen Armen ein, ohne im Halbschlaf richtig zu realisieren was geschehen war.. „Achtung ein Drache, gebt Alarm" tönte es von den Zinnen. Peter musste Lächeln, bevor auch ihn der Schlaf übermannte.

Kapitel 11

Der Morgen graute über der Sparrenburg. Prinzessin Melanie erwachte langsam aus ihrer Tiefschlafphase. Mit einem leichten Schrecken registrierte sie, das eine ungewohnte Last auf ihrer Schulter lag. Sie drehte sich leicht und sah, dass sie von jemandem im Arm gehalten wurde. „Irgendwas ist anders.", stellte sie fest. „Ist das schlimm?", fragte eine bekannte Stimme hinter ihr. Während sie sich langsam zu der Stimme umdrehte, sagte sie: „Alles was anders ist, ist gut." In dem Moment sah sie Peter neben sich liegen. Ihr Gesicht erhellte sich und mit einem Freudenschrei fiel sie ihrem Verlobten um den Hals. Erst jetzt hatte sie die Vorgänge der vergangenen Nacht reell registriert. Sie ließen sich von den Pagen das Frühstück ins Bett bringen und Melanie ließ sich haarklein alle Einzelheiten der Odyssee von Peter erzählen.

Die Stunden vergingen wie im Flug. Am frühen Nachmittag klopfte Caroline an die Tür. Als sie Peter sah, stürzte auch sie sich ihm mit einem Aufschrei in die Arme. Jetzt war es selbstverständlich vorbei mit der Idylle. Nach und nach erfuhr das gesamte Schloss von Peters Rückkehr.

Am frühen Abend trafen sich die drei Freunde und der König in einem der Kaminzimmer. Peter war natürlich der Mittelpunkt des Abends. Ausführlich berichtete er von seinen Erlebnissen. Besonders intensiv schilderte er seine Beziehung zu Drako und stellte dessen Gutmütigkeit heraus. Dem König war augenscheinlich sehr unwohl bei dem Gedanken, dass jetzt ein Drache über das Reich wachen sollte, aber er vertraute Peters Worten. Später am Abend öffnete sich leise die Tür und Susanne kam herein. Klein Henry führte sie an der Hand. „Ich will meinem Vater und seinen Freunden doch noch Gute Nacht sagen.", sagte er und kletterte nach und nach allen Anwesenden auf den Schoss und gab ihnen einen Gute Nacht Kuss. Peter und Christoph sahen sich gerührt an. Für diesen Moment vertrauter Harmonie hatten sich all diese Strapazen gelohnt.

Leicht angeheitert aber gut drauf trennten sich die Freunde spät in der Nacht. Während alle anderen auf ihre Zimmer gingen, wandte sich Peter dem Nordturm zu. Er stieg die vielen Stufen rauf und fand oben angekommen, das was er gesucht hatte: Drako. Zusammengerollt lag der riesige Drache friedlich schlummernd auf der Turmebene und ließ sich den langsam kälter werdenden Herbstwind um die Ohren blasen. Er schien Peters Anwesenheit zu ahnen, denn er schlug die Augen auf und sah Peter aus seinen großen Kulleraugen heraus an und sagte: „Mein Freund, Ihr seht sehr glücklich aus. Was ist der Grund dafür?" „Zwei Hochzeiten.", antwortete Peter, „die von Christoph und meine eigene. Der König hat sie bereits für morgen festgelegt. Also werden wir morgen Abend nach Varensell aufbrechen. Wirst Du mich begleiten?" „Ihr seid mein Herr und Freund. Ich werde nicht von Eurer Seite weichen." „Was ist mit Deinem Schwanz passiert. Ich habe Dich bei den Externsteinen schreien hören, als Klein Henry Dir auf den Schwanz gesprungen ist?" Drako wurde hellhörig. „Ihr habt es gemerkt? Das wusste ich nicht. Ihr hättet es verwenden können um mich zu besiegen. Trotzdem habt Ihr die Diplomatie vorgezogen. Ihr seid wirklich ein erstaunlicher junger Mann. Ich werde Euch die Geschichte erzählen wenn Ihr es wollt: Es ist lange her. Schon mehr als 100-mal wechselten sich Sommer und Winter ab. Damals lebten Drachen und Menschen noch in Frieden miteinander. Wir berieten sie, und lebten miteinander in absoluter Harmonie. Die Differenzen zwischen Drachen und Menschen wurde ausgelöst durch einen verwundeten Drachen, das wisst Ihr bereits von meiner letzten Erzählung. Das aber ich dieser Drache war, das dürfte Euch neu sein. Meine Verwundung kam eigentlich nur durch einen dummen Zufall zu Stande. Ich half den Menschen dabei einen Wall um ihr Dorf zu errichten. Bäume wurden natürlich dafür zuhauf gefällt. Einmal konnte ich mich nicht rechtzeitig in Sicherheit bringen als der Baum umfiel. Ein vorstehender spitz abgebrochener Ast traf mich genau in meinem Schwanz. Der Ast brach ab und wurde von der Wucht tief in meinen Schwanz gepresst. Ich schrie laut auf vor Schmerzen.

Stundenlang wand ich mich auf dem Boden, aber niemand konnte mir helfen. Irgendwann trieb der Schmerz mich in die Höhe und ich begann Feuer zu speien in alle Richtungen. Leider auch nach unten. Die Menschen rannten völlig verstört davon und mussten tatenlos zusehen, wie ich ihr schönes Dorf völlig dem Erdboden gleichmachte. Irgendwann habe ich mich dann feige davon gemacht. Ich habe bis heute nicht den Mut gefunden mich zu entschuldigen. Zu tief lastet die Schuld auf meiner Seele. Der Ast steckt bis heute in meinem Körper. Der Schmerz ließ irgendwann nach. Nur wenn man die Stelle direkt berührt tut es noch weh.

Die Drachen haben mir damals schnell verziehen, aber die Menschen haben nie begriffen dass ich damals nicht Herr meiner Sinne war. Sie übertrugen ihre Wut nicht nur auf mich sondern auf alle Drachen. Wir wurden verfolgt und getötet, bis nur noch wenige von uns übrig waren. Das Königreich Bielefeld und die angrenzenden Königreiche wurden früher von über 100 Drachen beschützt. Heute ist nur noch einer übrig und das bin ich." Bestürzt blickte Peter seinen Freund Drako an. „Das alles wusste ich nicht. Wie könnte ich auch. Aber ich vertraue Dir und auch meine Freunde tun es. Die Zeit des Versteckspielens ist vorbei. Ich würde Dir jeder Zeit alles anvertrauen was ich besitze. Vergiss die letzten 100 Jahre und genieße die neu angebrochene Zeit." Mit diesen Worten erhob sich Peter vom Boden und kam ganz nah an den riesigen Drako heran. Er tätschelte ihn leicht an der Wange und begann ihn unter seinem Kinn zu kitzeln. Drakos dröhnendes Lachen hallte laut über ganz Bielefeld.

Am nächsten Morgen wurden die drei Freunde früh von Fanfarenmusik geweckt. Christoph stand als erster auf und sah aus dem Fenster. Pagen bedeckten den halben Innenhof. Sie rannten wie die Ameisen hin und her und schmückten das ganze Schloss für die bevorstehenden Hochzeiten. Albert von Wales klopfte leise an und brachte die Anzüge für die bevorstehende Zeremonie. Die Feier war so kurzfristig angesetzt worden, dass weder Christoph noch Peter wussten, was sie erwartete. Es gab keine Ablaufabsprachen oder ähnliches. Sie würden es einfach auf sich zukommen lassen und später improvisieren müssen.

Gegen Mittag betraten die zwei Bräutigame den Innenhof der Sparrenburg. Die anwesenden Vertreter der Bevölkerung brachen in grenzenlosen Jubel aus. Peter und Christoph lächelten sich kurz an und postierten sich dann links und rechts des Altars. Hinter dem Altar stand ein älterer Priester, den bislang noch keiner von ihnen gesehen hatte. Der komplette Bereich war ein reines Blumenmeer. Sämtliche Hofdamen sahen absolut hinreißend aus, während ihnen die Männer gierige Blicke zuwarfen. Seitlich des Altars hatte der König seinen Ehrenplatz. Neben ihm saß Henry mit seiner Familie. Plötzlich ertönten die Fanfaren. Melanie und Caroline kamen gemessenen Schrittes die Stufen herunter und ließen sich ausgiebig bewundern. Sie sahen fantastisch aus und glichen sich optisch wie ein Ei dem anderen. Beide trugen ein tief ausgeschnittenes weißes Kleid mit einer endlosen Schleppe, die jeweils von 2 Kindern getragen wurde. Auf dem Kopf trugen sie ein perfekt geknüpftes Netz aus weißer Seide und der Schmuck den sie trugen funkelte und glänzte so stark in der Mittagssonne, dass man manchmal die Augen zukneifen musste.

Als sie neben ihren zugedachten Ehemännern eintrafen sahen sich die Paare erst noch einmal tief in die Augen ehe sie sich dem Priester zuwandten.

Zwischenbericht Christoph Stollmann

Caro, wie ich Caroline inzwischen nennen durfte, roch nach irgendeinem Blütenextrakt. Dieser Duft raubte mir fast die Sinne. Ich fühlte die sprichwörtlichen Schmetterlinge im Bauch. Als der Priester anfing seine Rede zu halten, hörte ich kaum hin. Zu sehr zog diese Frau mich in ihren Bann. Bereits jetzt fing ich an, mir vorzustellen wie die Hochzeitsnacht werden würde. Plötzlich spürte ich einen stechenden Schmerz in der Seite. Ich erwachte aus meinen Tagträumen und sah Caro fragend an. Dann hörte auch ich die

Stimme des Priesters in meinem Kopf: „Ich frage Euch noch einmal, Graf Christoph vom Holter Land, wollt Ihr die neben Euch stehende Caroline von Bielefeld zu Eurer rechtmäßig angetrauten Ehefrau nehmen, sie lieben und ehren in guten wie in schlechten Tagen bis das der Tod Euch scheidet?" „Ja, ich will sie nehmen.", sagte ich noch halb in meinen Träumen. Der Priester sah mich ein wenig verständnislos an, schien aber diese Antwort zu akzeptieren. Langsam fand ich zurück in die Realität. Ich sah Peter, der sich mühsam das Lachen verkneifen musste, immer wenn er mich sah. Jetzt hatte auch ich verstanden, was ich eben gesagt hatte. Jetzt musste auch ich lächeln. Nur Caroline schaute etwas grimmig. Zu meinem Glück hörte ich wenigstens die nächste Aufforderung sofort beim ersten Mal. „Ihr dürft Eure Braut jetzt küssen.", sagte der Priester. Das ließ ich mir natürlich nicht zweimal sagen. Ich beugte mich zu Caro herab und küsste sie lang und leidenschaftlich. Da fiel mir auf, wenn ich sie schon küssen darf muss ich ja eigentlich inzwischen bereits verheiratet sein. Jetzt war ich endgültig wieder Herr meiner Sinne. Ich sah Peter und fiel ihm in den Arm. Wir gratulierten uns erst gegenseitig, bevor der König und Henry uns in ihrer Familie willkommen heißen durften.

Ich hatte eigentlich keine große Lust jetzt ein riesiges Fest zu feiern, aber zumindest zum anschließenden Kuchenschmaus mussten wir auf alle Fälle bleiben. So gegen 17 Uhr fuhren dann zwei prunkvoll geschmückte Kutschen vor. Peter und Melanie stiegen in die erste und Caro und ich in die zweite. „Pass auf dich auf, mein Freund.", rief mir Peter noch zu, und dann trennten sich unsere Wege. Der Kutscher fuhr uns behutsam und langsam über die holprigen Landstraßen bis zu meinem neuen gräflichen Stammschloss Schloss Holte. Das Personal empfing uns höchst zuvorkommend. Ich ließ mir im groben die Räumlichkeiten zeigen und bedankte mich bei allen Leuten. Ich hätte mir noch viel anschauen können, aber das wollte ich nicht. Ich wollte endlich mit meiner Frau allein sein. Caro kannte sich hier gut aus, denn das Schloss war früher eine Urlaubsresidenz ihres Vaters. Als Kind hatte sie hier sehr viel Zeit verbracht. Sie nahm mich an die Hand und zog mich ins Schlafzimmer. Jetzt endlich sollte ich meinen Lohn für die lange Warterei bekommen. Sie war zwar noch sehr unerfahren, aber als sie mich auszog und aufs Bett warf, schwand dieser Eindruck ganz schnell. Mich erwartete eine fantastische Nacht.

Ende Zwischenbericht Christoph Stollmann

„Graf Peter von Varensell und seine Frau Melanie, Prinzessin von Bielefeld." Mit diesen Worten kündigte man Peter und seine Frau in Varensell an. Als Peter die große Halle betrat sah er eine ganze Reihe von Angestellten vor sich, die alle darauf warteten von Peter begrüßt zu werden. Seinen obersten Butler kannte er bereits. Albert von Wales. Er hatte darum gebeten von Bielefeld nach Varensell wechseln zu dürfen. Auch General Franz, als Chef seiner Wache war keine Fremder mehr für Peter. Sie hatten sich bereits bei ihrem Kampf in Paderborn kennen gelernt. Besonders angetan war Peter von seinem neuen Kämmerer: Sir Achim von Avenwedde. Seines Zeichens Ortsvorsteher eines kleinen Ortes in Peters Grafschaft. Sie waren sich auf Anhieb sympathisch. Gerade als Peter und Melanie sich zurückziehen wollten ertönte ein lauter Ruf von draußen. Es war Drako: „Graf Peter, kommt schnell heraus. Eure Burg wird angegriffen. Die Truppen sind bald hier!"

Kapitel 12

Selten hatte es Peter erlebt, dass ihm das Herz schlagartig in die Hose rutschte. Seine Hände wurden feucht und seine Knie begannen zu zittern. Er stand oben auf den Zinnen seiner Burg. Sein Blick war in die Ferne gerichtet. Am Horizont sammelte sich ein riesiges Heer von Soldaten. Lautlos tauchte General Franz neben ihm auf und gab ihm ohne Aufforderung die Erklärung, die Peter schon minutenlang vergeblich in seinem Geist gesucht hatte: „Der Herzog von Gütersloh ist Euer neuer Feind. Ich hatte schon fast damit gerechnet. Euer Land gehörte früher seiner Familie. König Henry hatte es ihm bereits versprochen, für den Fall das die zwei Jahre verstreichen sollten ohne dass sein Sohn zurückkommen würde. Er hatte dieses Land immer schon für Euch zurückgehalten. Nachdem Ihr gekommen seid, ist sein Versprechen hinfällig geworden. Während ihr Euren Kampf ausgetragen habt, kam der Herzog auf die Sparrenburg und forderte diese Ländereien vom König, was dieser selbstverständlich ablehnte. Der Herzog drohte zwar mit Konsequenzen aber König Henry belächelte ihn nur. Jetzt passiert dass worauf ich gewartet habe. Er will diese Ländereien und wird dafür in den Krieg ziehen." Peter nickte nur, als Zeichen dafür, das er alles verstanden hatte. Die Anspannung war ihm ins Gesicht geschrieben. „Verdoppelt die Wachen und behaltet das Heer im Auge. Lasst mich holen wenn etwas passiert. Ich werde meine Frau unterrichten.", mit diesen Worten verließ Peter den zukünftigen Kampfbereich und wandte sich zum gehen. Melanie gab gerade einige Anweisungen in der Küche, als Peter sie fand. Er zog sie sanft ins Nebenzimmer, und bedeutete ihr sich zu setzen. „Ich nehme an Du hast Drakos Ruf gehört. Es ist der Herzog von Gütersloh. Kannst Du dir denken warum er hier ein Heer zusammenzieht?" „Ja, ich fürchte schon." „Das habe ich mir schon gedacht. Wann gedachtest Du mich darüber zu informieren?", Peter wurde langsam ausgesprochen wütend aber er beherrschte sich mustergültig. „Ich hatte eigentlich gehofft, das es nicht dazu kommen würde.", antwortete Melanie. Peter blieb keine andere Wahl, als es so hinzunehmen. „Tja, frisch verheiratet. Eine kleine schöne Grafschaft. Ich dachte jetzt würden die guten Zeiten anfangen. War wohl nichts. Der Krieg beginnt hier und heute. Ich werde abwarten was passiert. Vielleicht kann ich mit ihm verhandeln. Ansonsten werde ich Boten nach Bielefeld und Schloss Holte schicken müssen. Wenn wir belagert oder angegriffen werden sollten, brauchen wir auf jeden Fall Verstärkung." Bevor Melanie antworten konnte, klopfte es an der Tür. Albert von Wales kam herein: „Es ist soweit. Ein Bote des Herzogs hat eine Nachricht für Euch. Ich habe ihn ins Kaminzimmer geführt." „Gut", antwortete Peter, „Ich komme sofort." Er hauchte seiner Frau einen Kuss auf und ging zu dem Boten.

Als Peter die Tür öffnete sah er einen jungen Mann vor sich. Kindliche Züge prägten sein Gesicht. Der Angstschweiß rann ihm durchs Gesicht. Er sah aus, wie jemand der das erste Mal in seinem Leben Mamas Rockzipfel verlassen hat und jetzt mit einer Situation konfrontiert wurde, der er nicht gewachsen sein konnte. Der Herzog hatte sich seinen Boten gut überlegt. Er wusste, das Peter ihm nichts tun würde, und selbst wenn, so war er entbehrlich. Peter ließ sich langsam in den großen Sessel gleiten und maß den Boten mit langen Blicken. Dessen Nervosität stieg mit jeder Sekunde. Einem Zusammenbruch nah brachte er schließlich stammelnd einige Worte hervor: „Guten Abend, verehrter Graf. Ich habe die undankbare Aufgabe Euch ein Ultimatum meines Herrn, des Herzogs von Gütersloh zu überbringen. Er fordert Euch hiermit auf, ihm unverzüglich diese Ländereien zu übergeben. Dafür gewährt er Euch und all Euren Leuten freien Abzug nach Bielefeld. Oder wohin immer ihr gehen wollt. Solltet ihr Euch weigern habe ich eine Kriegserklärung in meinem Besitz, die ich Euch dann übergeben soll. Soweit die Botschaft meines Herrn." Als warte er darauf, dass jetzt sein Todesurteil vollstreckt werden sollte, sackte der junge Mann in sich zusammen. Peter beugte sich vor, sah dem Boten fest in die Augen und sagte: „Ihr braucht keine Angst zu haben. Euch wird nichts geschehen. Geht raus und sagt Eurem Herrn, dass ich ihm keine Ländereien übergeben werde. Das Versprechen stammt vom

König und nicht von mir. Wir werden kämpfen wenn es sein muss. Er kann keiner Grafschaft den Krieg erklären. Wenn er Krieg will, wird er ihn mit dem ganzen Königreich kriegen. Er wird verlieren. Er sollte nicht vergessen dass ich auch noch einen Drachen zur Verfügung habe. Ich werde ihn vernichten wenn er es so will. Wenn er den Krieg will, soll er es mir selbst bestätigen. Ich erwarte seine Antwort morgen auf den Zinnen bei Sonnenuntergang. Gebt mir seine Kriegserklärung und verlasst mein Haus." Peter lehnte sich zurück und verschränkte die Hände auf seinem Bauch. Er gab damit dem Boten deutlich zu verstehen, dass dieses Gespräch für ihn beendet war. Der junge Mann stand auf und reichte Peter eine Schriftrolle. Dann verließ er ohne ein Wort den Raum. Peter entspannte seine angespannten Muskeln und ließ sich zurückfallen. Mit zitternden Händen rollte er das Papier auseinander. Oben auf dem Papier prangte wie ein riesiger Racheengel das Wappen von Gütersloh. Darunter ein kurzer aber prägnanter Text: „Hiermit erklärt das Herzogtum Gütersloh der Grafschaft Varensell und damit auch dem Königreich Bielefeld den Krieg. Da die vorausgegangenen Verhandlungen um die Varenseller Gebietsrechte gescheitert sind, ist das der letzte gangbare Weg für das Herzogtum."

„So sieht also eine Kriegserklärung aus.", dachte sich Peter. Er ließ nach General Franz schicken, um die weitere Vorgehensweise zu besprechen. Der General kam unverzüglich. Im Schlepptau hatte er seine besten Männer. Die Besprechung war aber schnell zu Ende. Wenn es wirklich zu einer Belagerung kommen sollte, war klar dass die kleine Varenseller Armee keinem massierten Angriff standhalten konnte. In dem Fall müssten sofort Boten nach Bielefeld und Schloss Holte geschickt werden. Verstärkung ist die wichtigste Unwägbarkeit in diesem Kampf. Am nächsten Abend begab Peter sich auf die Zinnen um die Antwort des Herzogs abzuwarten. Er war gespannt, ob der Herzog persönlich kommen würde. Er hatte sich überlegt, den Feind einfach bei seiner Kriegserklärung vom Pferd schießen zu lassen, aber er wollte nicht den ersten Schuss abgeben und sich nach außen als Aggressor abstempeln lassen. Das konnte unabsehbare

74

Folgen haben. Der Herzog kam tatsächlich selbst angeritten. Umringt von 10 Soldaten, die ihn total abschirmten. Er kam bis auf Rufweite an das Schloss heran: „Graf Peter von Varensell, ich fordere Euch hiermit zum letzten Mal auf bedingungslos zu kapitulieren. Lebt oder sterbt." Peter beugte sich über die Zinnen und rief so laut er konnte: „Ich werde leben, nachdem ich Euch im Kampf besiegt habe. Ihr habt keine Chance. Geht nach Hause und rettet Euer Leben und das Eurer Soldaten." Ein lautes Lachen war die Antwort des Herzogs, bevor er wortlos zu seiner Armee zurück ritt.

Es vergingen nur ein paar Minuten als sich das Gütersloher Heer in Marsch setzte und die Belagerung von Varensell begann.

„Schickt die Boten im Schutze der Dunkelheit los und lasst sie die vorbereiteten Nachrichten überbringen. Haltet mich über alle Neuigkeiten auf dem laufenden.", sagte Peter und ging zurück zu seiner Frau. Sie hatte sich bereits in das gemeinsame Schlafzimmer zurückgezogen. Seit ihrer Hochzeit hatten sie noch nicht viel Zeit zusammen verbracht. Peter hatte sich fest vorgenommen für einen Nachkommen zu sorgen, bevor er in die Schlacht gegen Gütersloh ziehen musste. Melanie schien zu ahnen was in ihm vorging, denn sie empfing ihn in einem niedlichen Nichts. Sie verbrachten eine Nacht der totalen Leidenschaft miteinander. Ihre Liebe zueinander wuchs in dieser Nacht ins Unermessliche. Jetzt endlich fühlten sich beide erst so richtig verheiratet.

Peter wurde bereits früh am nächsten Morgen geweckt. Er traf sich sofort mit General Franz zur Lagebesprechung. Sie gingen zusammen auf die Zinnen während der General berichtet: „Der Herzog hat ein ungeheures Heer aufgestellt. Die ganze Burg ist umzingelt, aber bislang haben keine Kampfhandlungen stattgefunden außer einer: Man hat unsere Boten abgefangen und gefangen genommen. Sie leben aber noch. Sollen wir neue schicken?" Peter hatte jetzt die Zinnen erreicht und besah sich das Drama. Der ganze Platz rings um die Burg war mit Zelten und Menschen übersät. Niemand konnte rein oder raus. Es gab keinen Nachschub und keine

Nachrichtenübermittlung. „Nein", sagte Peter, „ich gehe selbst. Heute Nacht"

Zwischenbericht Peter Pollmeier

Die Nacht war schwarz und kalt. Ein schweres Gewitter lag in der Luft. Ich war mir nicht ganz sicher wie ich das finden sollte. Die Nacht war wirklich undurchdringlich schwarz. Wie geschaffen für einen Blockadebrecher. Aber Blitze konnten mich verraten. Eine Wahl blieb mir aber nicht. Ich musste es schaffen, und Verstärkung holen. Außerdem wollte ich ein ernstes Wörtchen mit dem König reden. Die Verhandlungen um mein Land waren eine Tatsache, die ich gerne vorher gewusst hätte. Ich hatte General Franz das militärische Kommando übergeben. Aber das letzte Wort hatte meine Frau Melanie. Sie hatte den ganzen Tag über versucht mich von meinem Vorhaben abzubringen, aber vergeblich. Ich wollte ein gutes Vorbild für meine Männer geben. Unser Plan war einfach. Mit der Verstärkung würde ich den Güterslohern in den Rücken fallen und gleichzeitig sollte General Franz einen Ausfall von vorn machen. Theoretisch gut, aber praktisch? Das würde sich zeigen.
In der Burg gab es einen kleinen, gut bewachten Seitenausgang. Ich hatte angeordnet ihn zuzumauern, sobald ich die Burg verlassen hatte. Die Tür ist in einer Höhe von zwei Metern. Deshalb ließ der Herzog sie anscheinend auch nicht bewachen. Vorsichtig öffnete General Franz die Tür und lugte in die Dunkelheit. „Es scheint alles ruhig zu sein. Jetzt oder nie."
Bevor mich jemand davon abhalten konnte wagte ich den Sprung in die Tiefe. Beim Aufprall dachte ich, dass ich mir jetzt alle Knochen gebrochen hätte. Ich rollte mich ab und versuchte schnellstmöglich auf die Beine zu kommen. Es dauerte aber einen Moment bevor meine Beine mir wieder gehorchten. Geduckt schlich ich durch die Dunkelheit bis in den Schutz der Bäume. Dort verhielt ich kurz um neuen Atem zu schöpfen. Der Himmel zog sich immer mehr zu. Der Regen setzte ein und durchnässte mich bis auf die Knochen. So

unangenehm wie das für mich war, so angenehm war es für meine Mission. Die Patrouillen des Herzogs würden sich bei dem Wetter auf das nötigste beschränken. Als das Gewitter seinen Höhepunkt erreicht hatte, schlich ich weiter. Schnellen Schrittes ließ ich die feindlichen Linien hinter mir und schlug mich die ganze Nacht weiter durch die Wälder.

Früh am nächsten Morgen erreichte ich Schloss Holte. In zerrissenen Kleidern und nass bis auf die Knochen redete ich auf die Wachen ein mich endlich bei Christoph anzumelden, aber niemand glaubte mir meinen Namen und meinen Rang. Die Wachen konnten sich augenscheinlich nicht vorstellen, dass ein echter Graf bei Wind und Wetter ohne Eskorte durch die Gegend reist. Irgendwann wurde Christoph aber anscheinend auf den Lärm aufmerksam und kam selbst zum Tor. Als ich ihn sah brach die Erschöpfung aus mir heraus. In seinen Armen brach ich zusammen.

Ende Zwischenbericht Peter Pollmeier

Als Peter wieder zu sich kam fand er sich, in neue Kleider gehüllt, in einem riesigen Bett wieder. „Zeitverschwendung", dachte Peter, „wir haben einen Haufen Zeit verschwendet, weil noch keiner weiß warum ich hier bin." Mühsam stemmte er sich hoch und taumelte durch das halbe Schloss, bevor er endlich jemanden fand. Caroline. Sie stützte Peter und brachte ihn zu Christoph. Endlich konnte er seine Geschichte erzählen. Christoph handelte sofort. Er lies einen Boten nach Bielefeld schicken und ordnete sofort Erhebungen für sein eigenes Heer an. Peter hatte noch zwei Tage Zeit, sich von seiner nächtlichen Wanderung zu erholen. Dann erreichte ihn die Nachricht, das Prinz Henry mit seinem Heer in Schloss Holte eingetroffen war. Die Armeen vereinigten sich und unterstellten sich Peters Befehl. Unter seiner Führung machten sie sich gemeinsam auf den Weg in den Krieg.

Kapitel 13

Das Unterholz knackte unter dem Ansturm der Massen. Ein leises Anpirschen, wie Peter sich das vorgestellt hatte, war unter diesen Umständen absolut unmöglich. Er hatte einen Spähertrupp vorgeschickt. Ihre Aufgabe war einfach. Erstens sollten sie verhindern das Spähtrupps des Herzogs diesen unterrichteten. Das war aber äußerst schwierig. Also bestand die zweite Aufgabe darin, jede Bewegung des Feindes zu überwachen und zu melden. Nachdem sie den ganzen Tag durchmarschiert waren, schlug die Armee ihr Lager 4 Kilometer von Varensell entfernt auf. Peter wollte, dass sich seine Männer eine Nacht erholen konnten, bevor er sie auf die Schlachtbank führte. In der kommenden Nacht fand Peter kaum Schlaf. Zu groß war seine Nervosität vor der Schlacht. Gegen drei Uhr Nachts kam einer der Spähtrupps zurück. Sie brachten alarmierende Neuigkeiten. Der Herzog hatte anscheinend damit gerechnet, dass Peter Verstärkung holen würde. Er hatte alle seine Kräfte mobilisiert und stand mit 11000 Mann vor Varensell. Dem gegenüber standen die Bielefelder mit gut 5000 Soldaten. Ein ungleicher Kampf, auch wenn sie die Gütersloher in die Zange nehmen konnten. Am Morgen setzten sich die drei Führenden noch einmal zusammen. Peter, Christoph und Henry berieten noch einmal ihre Vorgehensweise. Peter hatte nach wie vor das Kommando: „Nach den neuesten Informationen die uns vorliegen, haben wir eigentlich keine Chance gegen die Gütersloher Übermacht. Ich sehe eigentlich nur eine Chance. Eine Demoralisierung der Truppe. Zum einen hat Drako sie bislang unbehelligt gelassen. Er würde zwar keinen der Soldaten töten, aber einige Feuerwälle und ein bisschen Furcht einflößendes Geschrei kann hier Wunder wirken. Außerdem werde ich versuchen, mit Drakos Hilfe, mich zum Herzog durchzuschlagen und ihn zu besiegen. Das wird seinem Heer hoffentlich den Rest geben. Sollte ich fallen, müsst ihr es danach versuchen. Wir müssen es einfach schaffen. Versucht möglichst viele Gefangene zu machen. Macht sie kampfunfähig aber tötet sie möglichst nicht. Ich möchte nicht als der Schlächter von Varensell in die Geschichte eingehen." Beeindruckt von der Veränderung, die die letzten Wochen bei ihrem Freund bewirkt hatten, begaben sich Henry und Christoph zu ihren Männern und gaben Peters Anweisungen weiter. Das Heer setzte sich in Bewegung und marschierte auf Varensell zu. Nach knapp 2 Stunden hatten sie die Varenseller Burg erreicht. Die Schlacht konnte beginnen.

Zwischenbericht Drako

Aus der Luft sah ich Peters Heer bereits lange vor allen anderen. Ich landete in der Burg und informierte General Franz. Er formierte seine Männer und machte sich bereit, der Gütersloher Armee in den Rücken zu fallen, wenn der Kampf beginnt. Es waren aber nur etwa 80 Mann die sich hier befanden. Gegen die Übermacht von 11000 konnten sie nicht viel ausrichten. Ich erhob mich in die Lüfte und flog Peter entgegen. Ich wollte seinen Plan erfahren. Auch in Peters Armee brach Unruhe aus, als sie mich sahen. Einige von ihnen schienen noch nichts von mir gehört zu haben. Sie verhielten sich aber äußerst diszipliniert und warteten auf ein Signal ihrer Anführer. Diese aber freuten sich natürlich mich zu sehen. Ich landete vorsichtig neben Peter und lauschte gebannt seinen Ausführungen.
Es war ein Bild des Grauens als Peters Heer über den Hügel kam und sich dieser Übermacht im Verhältnis 2:1 gegenüber sah. Der Herzog zögerte nicht lange. Er gab das Angriffssignal noch bevor die Bielefelder richtig wussten, dass es los ging. Die Gütersloher Bogenschützen traten vor und ließen einen Hagel von Pfeilen über den Bielefeldern nieder regnen. Diese duckten sich unter ihre Schilde, aber die ersten Soldaten wurden bereits jetzt getötet oder verwundet. Als der zweite Pfeilhagel losbrach griff ich ein. Ich fing die Pfeile auf der Hälfte mit meinem Feuer ab und es regnete nur noch Asche und brennenden Kleinteile. Der Herzog sah ein, dass ich das stundenlang machen konnte, daher zog er die Bogenschützen zurück und ließ seine Fußsoldaten angreifen. Mit der Wucht einer

Bombe prallten die beiden Heere aufeinander. Mit der Wut der Verzweifelung getrieben griffen die Bielefelder an und zerstörten ihre Gegner mit einer Brutalität die ihresgleichen sucht. Trotzdem hätten sie wahrscheinlich verloren, denn die Übermacht war zu erdrückend. Ich ging einige Male im Steilflug durch die Reihen und legte Feuerwälle in die Gütersloher Reihen. Aber auch das half nicht viel. Dann entdeckte ich den Herzog. Ich ging im Sturzflug runter zu Peter und bedeutete ihm mir zu folgen. Eine Feuerwelle vor mir her schiebend gelangten wir in wenigen Minuten in die Mitte des schlimmsten Gegners. Ich stieg hoch und Peter galoppierte durch die Feuerwand und für den Herzog völlig überraschend, griff er ihn an. Sie lieferten sich ein hitziges Gefecht. Aber es rächte sich jetzt, dass Peter nicht so geübt im Umgang mit Pferden war, wie sein Gegenüber. Bei einem besonders heftigen Hieb verlor er die Kontrolle über sein Pferd und fiel runter. Der Herzog sprang sofort hinterher und hob sein Schwert zum Todesstoß. Das konnte ich nicht zulassen. Ich schickte einen Feuerstrahl runter, der das Schwert des Herzogs so heiß werden ließ, das er es fallen lassen musste. Peter nutzte die Gelegenheit und sprang vom Boden hoch. Er machte eine Drehung mit seinem Schwert und trennte sauber den Kopf vom Rumpf des Herzogs.

Ende Zwischenbericht Drako

Peter stand neben der zweigeteilten Leiche des Herzogs, und merkte wie sein Magen rebellierte. Er übergab sich über den Rumpf des Toten und ging in die Knie. Blutbesudelt packte er beide Teile des Toten auf sein Pferd und ritt in einem strammen Galopp zum Tor seines Schlosses. Die Wachen erkannten ihn und öffneten sofort. Sie nahmen den Herzog vom Pferd und knüpften ihn auf den Zinnen auf. Peter stellte sich oben hin und rief: „Seht ihn euch an. Den Mann der euch alle in den Tod schicken wollte. Seht ihn euch an!" Natürlich hörte ihn kaum jemand. Aber zumindest einige wenige.

Die Nachricht vom Tod des Herzogs machte schnell die Runde. Seine führenden Offiziere machten sich keine falschen Hoffnungen. Sie wussten, dass sie ihre Männer nicht mehr motivieren konnten. Alle die nicht gerade in Gefechte verwickelt waren, traten den Rückzug an. Die anderen ergaben sich ihren Gegnern und gingen in Gefangenschaft.

Peter, Henry, Christoph und General Franz trafen sich unmittelbar nach dem Sieg im Schloss. Peter zog als erster seine Bilanz: „Wir haben gewonnen. Varensell ist wieder frei. Aber um welchen Preis. General, gibt es schon Zahlen?", fragte er General Franz: „Ja, leider. 3000 Tote bei den Güterslohern. 3000 Gefangene. 5000 sind geflohen. Bei uns ist es weniger, aber leider trotzdem zuviel. Wir waren 3500 Mann aus Bielefeld und 1500 aus Schloss Holte. Die Holter haben sich gut geschlagen. Hier gab es nur 150 Tote aber bei den Bielefeldern sind es über 1200. Das heißt von den 5000 bleiben nur noch 3650. Davon sind weitere 800 teilweise schwer verletzt. Sollten die Gütersloher mit ihren 5000 Männern zurückschlagen, haben wir also noch 2850 Mann zur Verfügung. Das Verhältnis zur ersten Schlacht hätte sich zwar gebessert, aber diesmal hätten wir keinen Demoralisierungsfaktor zur Verfügung. Schlecht abgeschnitten hat unsere eigene Leibgarde. Von den 80 Mann mit denen wir rausgestürmt sind, haben nur 9 überlebt. Die Übermacht war einfach zu gewaltig. Man hat uns abgeschlachtet wie Vieh. Ich fürchte wir haben uns wirklich überschätzt." Man konnte ihm ansehen, wie nah ihm der Verlust seiner Männer ging. Mit solch einem Massaker hatte anscheinend keiner gerechnet. „Wir machen jetzt folgendes: Christoph, Deine Männer bleiben bis auf weiteres bei den Gefangenen und bewachen sie. Henry, leih mir bitte 200 Deiner besten Männer. Sie sollen hier in die Burg kommen und meine Männer ersetzen. Wenn alles vorbei ist, werden wir hier Aushebungen machen und neue Männer ausbilden. Ich brauche hier mehr Männer. Zumindest fürs erste. Nimm am besten General Franz mit. Er soll die Leute einweisen. Dann stell' bitte 200 Mann ab, die die Toten beerdigen sollen. Begrabt sie auf dem Schlachtfeld. Ich habe etwas besonders mit ihnen vor. Schickt mir bitte noch Sir Achim und Albert rein und dann an die Arbeit."

Wenig später betraten Sir Achim von Avenwedde und Peters Butler Albert den Raum. „Albert, geh los und finde die besten Gärtner und Bildhauer und bring sie zu mir. Sag ihnen, sie sollen ein Wunderwerk schaffen. Ihr, Sir Achim, bereitet einen Brief für mich vor. Adressiert ihn an den neuen Herzog von Gütersloh. Es wird sich schon ein Nachfolger finden lassen. Schreibt rein, dass ich ihn sehen will um mit ihm über einen Friedensvertrag und die Freilassung der Gefangenen zu verhandeln. Schickt den Boten sofort raus und gebt ihm 2 Tage Zeit hier zu erscheinen."

Als Christoph die Zinnen des Schlosses aufsuchte, fand er seinen Freund Peter oben stehen. Er trat lautlos neben ihn und sah die Tränen in seinen Augen als er auf das Schlachtfeld herunterblickte. „4350 Tote in einer einzigen Schlacht. Das ist unglaublich. Mein Freund, wir sind unter Barbaren gelandet.", sagte Christoph. Peter drehte sich zu ihm um und schloss ihn fest in die Arme. Minutenlang standen die beiden so da. Albert war es, der die trügerische Ruhe unterbrach: „Verzeiht Graf Peter, ich habe die besten Gärtner und Bildhauer unten versammelt." „Ich komme.", sagte Peter und bedeutete Christoph ihm zu folgen. Im großen Saal hatten sich 15 Menschen versammelt. 9 Gärtner und 6 Bildhauer. Peter begrüßte alle einzeln mit Handschlag und stieg dann auf einen Stuhl und bat um Ruhe. „Verehrte Herren, ich habe einen Auftrag für sie alle. Ich möchte dass sie sich zusammensetzen und mir einen Plan vorlegen. Sie alle haben das Schlachtfeld vor meinem Schloss gesehen. Ich will, dass dort ein prächtiger Garten angelegt wird. Ich will Brunnen, Mauern und prächtige Denkmäler die an den heutigen Tag erinnern. Und ich will Pflanzen. Ich will mindestens eine Blume für jeden Toten. Also mindestens 4350 Pflanzen. Lieber mehr. Ich möchte dass sie an die Arbeit gehen und mir bis zum Wochenende einen Plan präsentieren. Es soll ein Mahnmal werden, das seines Gleichen suchen muss. Schafft mir ein Wunderwerk."

Peter spürte den Punkt der totalen Erschöpfung in sich aufsteigen. Seit der Schlacht hatte er noch keine Minute geschlafen. Selbst seine Frau hatte er noch nicht gesehen. Er hatte noch die blutigen Kleider an und noch kein Arzt hatte ihn untersucht. All das holte er jetzt nach. Erst ließ er sich untersuchen, aber außer ein paar Prellungen und Blutergüssen ging es ihm gut. Dann holte er sich ein paar neue Kleider und ließ sich ein Bad ein. Als er in der Wanne lag, kam Melanie herein. Wortlos zog sie sich aus und stieg zu ihrem Mann in die Wanne. Sie liebten sich leidenschaftlich und endlos und schliefen dann gemeinsam im warmen Wasser ein.

Es war bereits heller Tag als Peter erwachte. Er lag in seinem Bett. Melanie neben ihm. Wahrscheinlich hatte Christoph oder Henry sie so gefunden und dafür gesorgt, dass sie ins Bett kamen. Er stand leise auf, um Melanie nicht zu wecken und ging zum Frühstück. Er fand seine Freunde in eine heftige Diskussion vertieft. Es ging um die Forderungen die man an Gütersloh stellen sollte. „Die Diskussion ist müßig. Ich weiß was ich will. Ich will 50000 Goldstücke als Ersatz für meine Männer plus das was ihr braucht um das Heer zu ersetzen und die Familien zu entschädigen. Außerdem soll davon mein Park in Gedenken an all die Gefallenen errichtet werden. Mehr will ich nicht. Aber ich verlange etwas von ihm dass ihn nichts kostet. Frieden. Ich will mich mit ihm verbünden und einen Nichtangriffspakt mit ihm schließen. Erst dann weiß ich, dass alle meine Grenzen sicher und unantastbar sind. Ich will ein Verteidigungsbündnis mit ihm a la NATO. Ich will die Unabhängigkeit meiner Grafschaft von Bielefeld und das, mein lieber Christoph, solltest Du dir auch überlegen. Der König kann jederzeit Aushebungen bei uns anordnen, egal was wir davon halten. Der König weilt zurzeit in England also Henry, werden wir mit Dir verhandeln. Ich will einen Pakt zwischen uns dreien und Gütersloh zur gegenseitigen Verteidigung und Hilfe. Wenn Gütersloh meine Hilfe braucht, dann müssen alle helfen. Wenn Christoph Hilfe braucht, hilft auch Gütersloh mit. So muss das sein. Also, lasst uns an die Ausarbeitung gehen." Henry und Christoph sahen ihn äußerst verdutzt an. Christoph war schnell überzeugt, da es ihm seine

Eigenständigkeit bescherte. Aber Henry sollte die Kontrolle über die Grafschaften aufgeben. Das würde eine Hochstufung zum Herzogtum bedeuten. Das konnte er beim besten Willen nicht allein entscheiden. Er suchte Melanie auf. Gerade ihr Konflikt, sich zwischen Mann und Bruder bzw. Vater entscheiden zu müssen gab Henry die Sicherheit gut beraten zu werden. Melanie wusste bis zu diesem Zeitpunkt noch nichts von den Plänen ihres Mannes und hörte sich geduldig alles an bevor sie zustimmte. Sie war für die Aufspaltung des Königreiches. Völlige Autarkie für Varensell und Schloss Holte. Die Verträge und genauen Gebietsabgrenzungen waren gerade ausgearbeitet als der Herzog von Gütersloh eintraf.

Die Wachen wurden sofort verdoppelt, aber das war eigentlich gar nicht nötig. Er kam nur mit einer kleinen Eskorte und ließ diese auch noch draußen vor den Toren. Ein gutes Omen. Peter empfing ihn im großen Saal. Henry und Christoph standen hinter ihm. So hätte man sich eine Vorführung Adolf Hitlers vor den alliierten Siegermächten vorgestellt, so es denn eine solche gegeben hätte. Man sah ihm an, das er der Schuldige war und sich auch so fühlte aber trotzdem stand er selbstbewusst vor den Freunden als er sagte: „Ich bin Andy, Herzog von Gütersloh und der Sohn meines Vaters, der hier sein Leben ließ. Ich bin hier um die Konsequenzen des Handelns meines Vaters zu tragen. Ich hoffe hier Freunde zu finden, denn ich war gegen die Pläne meines Vaters und werde sie nicht fortführen. Hier und jetzt erkenne ich die Grenzen des Königreiches Bielefeld an und erkläre meine Verhandlungsbereitschaft."

Es war ein beeindruckender Auftritt. Peter als Kommandeur leitete auch jetzt die Verhandlungen: „Willkommen in Varensell. Auch uns steht der Sinn nach Frieden. Aber nicht ohne Bedingungen. Wir haben sie bereits unter uns ausgehandelt. Ich werde sie Euch nennen. Erstens werdet Ihr zu diversen Zahlungen verurteilt. Zum einen 40.000 Goldstücke an das Königreich Bielefeld als Ausgleich für die Gefallenen. Dann 10.000 Goldstücke an das Herzogtum Holter Land. Ebenfalls für die Gefallenen. Des Weiteren 10.000 Goldstücke an das Herzogtum Varensell. Abschließend noch 40.000 Goldstücke für die

Errichtung eines Parks auf dem Schlachtfeld zur Erinnerung an alle Gefallenen. Hier werden auch große Steine mit den Namen aller Gefallenen aufgestellt. Auch Eurer. Die Hinterbliebenen sind mir herzlich Willkommen. Überführen werden wir keine. Dann haben wir unmittelbar bevor Ihr diesen Raum betreten habt, einen Vertrag unterzeichnet, der die Unabhängigkeit von Varensell und vom Holter Land garantiert. Außerdem haben wir einen Vertrag unterschrieben der mehr enthält als ein normaler Friedensvertrag. Wir haben nicht nur einen Nichtangriffspakt geschlossen, sondern haben uns auch verpflichtet den anderen Vertragspartner bei einer Grenzverletzung durch Dritte unentgeltlich beizustehen. Sowohl humanitär, als auch militärisch. Und wir fordern, dass Ihr euch auch daran beteiligt. Das heißt nicht nur Frieden, sondern Ihr helft uns und wir helfen Euch im Kriegsfall. Wir wollen uns also mit euch verbünden. Eine letzte persönliche Bedingung stelle ich noch. Euer Vater wird nicht überführt. Er wird vor den Augen der Soldaten und der Witwen und Waisen auf der Sparrenburg verbrannt. Bielefeld hatte nun einmal die größten Verluste und ein Recht darauf." Peter hatte eigentlich gedacht, dass der letzte Punkt mit dem neuen Herzog nicht zu machen sei. Aber dieser sagte nur leise: „Und die Gegenleistung? Ich nehme an, die sofortige Freilassung aller Gefangenen und das eben angebotene Bündnis. Richtig?" „Richtig" antworteten alle drei aus einem Munde. „Dann bin ich bedingungslos einverstanden und freue mich über das neue Bündnis und schwöre hier und jetzt feierlich, dass ich es nicht brechen und mit allen Bedingungen erfüllen werde." Überrascht sahen sich die drei Freunde an. Nacheinander reichten sie sich die Hände und setzten sich an einen Tisch um den Vertrag zu unterschreiben. Henry war der letzte der unterzeichnete. Die Anspannung war ihm anzusehen.

Am nächsten Tag brachen alle wieder auf. Peter klopfte Henry noch einmal auf die Schulter. „Dein Vater ist ein weiser Mann. Er wird einsehen, das unsere Verträge das einzig richtige waren." „Das wird die Zukunft zeigen.", antwortete Henry. Peter sah ihnen nach, als drei verschiedene Trupps sich in Richtung ihrer Heimat bewegten. Gleichzeitig begann der Bau des großen Parks.

Peter wusste, dass er in Andy, Herzog von Gütersloh, einen neuen Freund gefunden hatte. Er war sich nur nicht ganz sicher, wie König Henry reagieren würde. Hatte er vielleicht gerade die Freundschaft zu Prinz Henry aufs Spiel gesetzt, nur um seine Interessen durchzusetzen?

Kapitel 14

Die Nacht brach herein, als der Krach auf dem Hof immer lauter wurde. Henry konnte nicht einschlafen. Also beschloss er noch einmal aufzustehen. Leise, um seine Frau nicht zu wecken, trat der junge Prinz ans Fenster und sah auf den Hof hinaus. Reiter um Reiter kamen auf den Hof geritten. Henry war sofort klar was das zu bedeuten hatte. Sein Vater war zurückgekehrt aus Frankreich. Er kleidete sich an und begab sich in den Thronsaal. Noch einmal wollte er auf dem Thron seines Vaters Platz nehmen, ehe er ihn wieder räumen musste. Dieser große Sessel. Henry sehnte sich danach weiter regieren zu können. Er war sich nicht ganz sicher, wie sein Vater auf die vergangenen Ereignisse reagieren würde. Die Tür wurde geöffnet. König Henry II kam herein. Hinter ihm ein ganzer Tross von Leuten. Direkt neben ihm ein nobel gekleideter älterer Mann. Henry musste zweimal hingucken ehe er ihn erkannte. Es war Graf Jaques von Frankreich, sein Schwiegervater. „Edelster Jaques. Welch eine Freude Euch zu sehen. Ich werde sofort nach Eurer Tochter schicken lassen. Sie wird begeistert sein.", rief Henry III begeistert aus. Er wandte sich an einen der anwesenden Pagen und ließ seine Frau holen. Dann nahm er seinen Vater freundschaftlich in den Arm und geleitete ihn zu seinem Thron. „Berichte mein Sohn. Bis nach Frankreich erreichte mich die Kunde von einem Krieg und dubiosen Verträgen, aber niemand konnte mir bislang genauere Auskünfte geben. Deshalb bin ich früher zurück gekommen als geplant." Die Stunde der Wahrheit war jetzt da. Henry erzählte lange und ausführlich. Zwischendurch kam Susanne und gesellte sich zu ihnen. Henry war froh, das er sie jetzt an seiner Seite hatte. Das Gesicht des Königs verfinsterte sich. „Das Reich vergrößern. Das ist das Ziel das mir meine Ahnen vermacht haben. Vielleicht bin ich zu alt geworden um die Politik der neuen Generation noch verstehen zu können. Aber eine Aufspaltung des Reiches und ein Bündnis mit dem besiegten Gegner. Das geht über meinen Horizont. Ich hörte schon auf dem Weg, dass deine Freunde morgen hier eintreffen um etwas bekannt zu geben. So werde auch ich morgen Abend eine Entscheidung veröffentlichen. Und jetzt lasst mich allein." Mit diesen Worten stand er auf und ging in eine Ecke des Thronsaals. Alle Anwesenden gingen ihrer Wege. Besonders Susanne ließ es sich nicht nehmen jetzt endlich mehr Zeit mit Ihrem Vater verbringen zu können.

Gegen Mittag des folgenden Tages kamen die Kutschen der erwarteten Gäste. Es war der 24. Dezember 1629. Weihnachten. Alle trafen sich im großen Ballsaal. Die Musik fing an zu spielen und ein Festmahl wurde aufgetischt. Ein berauschendes Weihnachtsfest war geplant. In der Mitte des Saales war ein riesiger geschmückter Baum aufgestellt. Am frühen Abend baten Christoph und Peter um Ruhe. „Verehrte Gäste des Königshauses. Wir haben bereits angekündigt, dass es eine Überraschung gibt. Nachdem wir jetzt beide seit drei Monaten verheiratet sind, geben wir hiermit bekannt das sowohl Caroline als auch Melanie schwanger sind und dem König in etwa einem halben Jahr weitere Enkelkinder schenken werden." Sie sagten das beide im Chor. Der Jubel der unter den Gästen ausbrach war unbeschreiblich. Das bisher finster wirkende Gesicht des Königs löste sich, und ein Lächeln umspielte seine Wangen. Er erhob sich würdevoll und sagte: „Ich gratuliere erst einmal herzlich den Neu-Herzögen Peter von Varensell und Christoph vom Holter Land zu dieser wundervollen Fügung des Schicksals. Ich habe aber auch noch eine Entscheidung bekannt zu geben. Da ich in Zukunft mehr Zeit mit meinen Enkeln verbringen will, habe ich beschlossen zu Gunsten meines Sohnes auf die Krone zu verzichten. Ich kann leider die neue Politik in diesem Land nicht vertreten oder verstehen. Das heißt aber nicht dass ich sie für falsch halte. Ich verstehe sie nur einfach nicht. Daher ist es an der Zeit, den Platz frei zu machen. Mein Entschluss steht fest. Die Krönungszeremonie soll am Neujahrestag sein." Sprach es und drehte sich um. Unter den verwirrten Blicken seiner Freunde und Gäste zog sich der König in seine Gemächer zurück.

Nach den Feierlichkeiten trafen sich die drei Freunde mit ihren Frauen noch einmal in gemütlicher Runde. Es war die erste

Gelegenheit mit Henry über die Vorkommnisse zu sprechen: „Ich habe keine Ahnung was in meinen Vater gefahren ist. Er hat mir kaum eine Gelegenheit gegeben ihm all das Vorgefallene ausführlich zu erklären. Ich glaube er wollte es auch gar nicht. Es scheint mir, als hätte er nur auf eine solche Gelegenheit gewartet um das Zepter weitergeben zu können. Ich glaube er will sich jetzt wirklich nur noch seiner Familie widmen." Henry war der Verzweifelung nah. Christoph stand auf und stellte sich hinter ihn. Er legte ihm die Hand freundschaftlich auf die Schulter als er sagte: „Gönn ihm seinen Ruhestand. In einigen Tagen wirst Du neuer König von Bielefeld. Genieße das Vertrauen das dein Vater in dich setzt. Ich denke du wirst gut herrschen. Frage ihn um Rat wenn es nötig ist. Profitiere von seiner Erfahrung und seiner Weisheit. Er wird es dankbar annehmen."

Die Weihnachtstage vergingen in gedrückter Stimmung. Peter und Christoph zogen sich häufig zurück und machten lange Spaziergänge durch die Bielefelder Winterlandschaft. Sie betrachteten sich selbst als den Auslöser für den Stimmungsumschwung. Ein hoher Preis für das geschlossene Bündnis. Aber auch diese Zeit ging vorbei. Nach einer ausgedehnten Sylvesterfeier kam der Neujahrestag 1630. Alles was Rang und Namen hatte war zur Krönung angereist. Der Bündnispartner Andy von Gütersloh, und selbst der potentielle Gegner aus Paderborn machte seine Aufwartung. Feierliche Worte aus dem Munde des Priesters auf Latein, das von den drei Freunden keiner verstand, und eine lange Ansprache des scheidenden Königs untermalten die Zeremonie. Dann kam der ersehnte Moment. Die Adeligen aus dem verkleinerten Königreich Bielefeld baten den jungen Prinzen nach vorn und setzen ihm feierlich die Krone auf. Die Zeremonie war beendet. Beim darauffolgenden Empfang im Thronsaal saß der junge Mann zum ersten Mal auf seinem Thron. Ganz ein König. Nach und nach gelobten die Würdenträger ihre Treue. Auch Peter und Christoph unterstrichen in einem eingeübten Duett ihre Freundschaft und ihre Treue zum Bündnis: „Verehrter König und Freund. Bei unserer gemeinsamen Vergangenheit, schwören wir feierlich, immer treu zu unserem Bündnis zu halten und immer als Freunde an Deiner Seite zu stehen. Möge dir eine lange und weise Regentschaft beschert werden. In diesem Sinne: Prost!" Sie mussten alle drei herzhaft lachen auch wenn die anderen Anwesenden diesen Spaß nicht nachvollziehen konnten. Dieser Scherz war zwar denkbar unangebracht zu diesem Anlass, aber Peter und Christoph konnten ihn sich einfach nicht verkneifen. Das Königreich erlebte ein Fest, wie es schon lange nicht mehr gefeiert wurde. Überall in Bielefeld wurden Freudenfeuer angezündet und in jeder Schenke und Taverne wurden Gelage veranstaltet. Doch der Ernst des Lebens holte sie alle schnell wieder ein. Die Gäste reisten am nächsten Tag wieder ab. Auch Peter und Christoph trennten sich und umarmten sich freundschaftlich. Peter stieg in seine Kutsche und legte den Arm um seine Frau. Sie sah ihn aus liebevollen Augen an und sagte: „Wird Zeit das wir nach Hause kommen. Es war zwar schön, aber ich habe schon seit zwei Tagen Unterleibsschmerzen. Ich will ins Bett." „Das hast Du mir noch gar nicht erzählt. Ich lasse gleich den Arzt kommen, sowie wir angekommen sind.", erwiderte Peter. Sie schaukelten zwei Stunden über die holprigen, mit Kopfsteinen gepflasterten Strassen, nach Varensell. Melanie krümmte sich immer mehr unter Schmerzen. Kaum im Schloss angekommen, trug Peter seine Frau ins Schlafzimmer und ließ nach dem Arzt schicken. Der kam auch prompt und schickte sofort alle aus dem Zimmer. Auch Peter. Die Untersuchung dauerte über eine Stunde. Peter erwartete den Arzt im Kaminzimmer. Der Arzt, Dr. Bärenthal, nahm Platz und sah betrübt drein: „Verehrter Graf. Es gibt Komplikationen bei der Schwangerschaft. Ich bin mir nicht ganz sicher, was es ist. Aber Eure Gattin braucht in den kommenden Monaten soviel Ruhe wie möglich. Keine Reisen oder anstrengenden Arbeiten bis zur Geburt. Sie kann unmöglich die nächsten sechs Monate im Bett verbringen, daher verlange ich das erst gar nicht. Aber keinen Beischlaf in dieser Zeit. Darauf muss ich bestehen." „Ich müsste lügen wenn ich sagen würde: Kein Problem. Aber wir werden verzichten wenn es denn so sein soll. Ich danke ihnen, Dr.

Bärenthal. Werden sie regelmäßig kommen und meine Frau untersuchen?", fragte Peter. „Alle zwei Tage müssen sie mit meinem Besuch rechnen." Damit stand der Arzt auf und reichte Peter die Hand. Der erhob sich und drückte die gereichte Hand fest und lange. Wortlos verließ der Arzt das Haus. Peter ging zu seiner Frau und setzte sich an ihr Bett. „Was hat der Arzt gesagt?" Melanie setzte sich vorsichtig auf. Ihr Gesicht sah sehr müde aus. Sie schien große Schmerzen zu haben. Peter hätte jetzt gerne mit seiner tapferen Frau getauscht und ihr dieses Leid erspart. „Du sollst dich schonen bis zur Geburt. Möglichst viel Ruhe, keine Reisen, keine Arbeit und kein Beischlaf." „Scheisse." „Nana, merk dir nicht alle meine Worte.", sagte Peter lächelnd. „Ich werde mich um die Errichtung des Parks kümmern. Das lenkt mich ab und ist keine Arbeit sondern ein Vergnügen. Würdest du mir bitte die Verantwortung dafür übergeben. Ich will das er fertig ist wenn unser Kind geboren wird.", bat Melanie. Peter nickte nur und beugte sich herunter und drückte seiner Frau einen langen Kuss auf. Das Küssen würde auf lange Sicht die einzige Leidenschaft sein, die die beiden noch verband.

Die Monate gingen ins Land. Melanie erholte sich sichtlich und wuchs an ihrer Aufgabe. Sie hatte alle Gärtner und Bildhauer gut im Griff und überwachte penibel die Arbeiten. Es lenkte sie ab von ihren Problemen.

Am 03.06.1630 wurde der Park offiziell eingeweiht. Alle Blumen standen in herrlicher Blütenpracht. Der gesamte Bereich war von eine hüfthohen Mauer umringt. Alle paar Meter stand entweder ein Springbrunnen, ein Fischteich oder ein Denk- bzw. Mahnmal für die Gefallenen. Ringsherum standen Blumen, Büsche und Bäume. Die Vögel hatten sich bereits eingenistet. Sie zwitscherten und sangen aus voller Kehle. Es war ein Bild völliger Idylle. Alle waren gekommen, die betroffen waren. Alle Bündnispartner und ganze Abordnungen der Familien der Gefallenen. Es war so wie Peter es sich vorgestellt hatte. Es sollte eine Wallfahrtsstätte für alle Angehörigen werden, und das wurde es auch. Es war auch das erste Mal das sich alle Freunde wieder sahen. Am Abend saßen sie alle in gemütlicher Runde zusammen. Peter, Christoph und Henry schwelgten in Erinnerungen und die Frauen unterhielten sich über die bevorstehenden Geburten. Es war der Moment, wo auch alle Last und Verantwortung für den Park von Melanie abfiel. Es waren nur noch drei Wochen bis zum Geburtstermin bei Melanie und Caroline. Dann kam der Rückschlag. Mitten im Gespräch schrie Melanie laut auf. Sie krümmte sich vor Schmerzen in ihrem Stuhl. Peter sprang sofort auf und hastete zu ihr und brachte sie ins Bett. Christoph ließ Dr. Bärenthal rufen. Er kam bereits nach 15 Minuten. Diesmal durfte Peter bei Melanie bleiben. Stundenlang versuchten sie ihr zu helfen, aber vergeblich. Früh am nächsten Morgen fasste der Arzt den Entschluss, einen Kaiserschnitt durchzuführen. Peter musste jetzt doch gehen, stattdessen wurde eine Hebamme hergeschafft. 2 Stunden später war es soweit. Dr. Bärenthal kam aus dem Zimmer und trug ein kleines Bündel auf dem Arm. „Euer Sohn. Habt Ihr schon einen Namen für ihn?" Peter strahlte übers ganze Gesicht als er seinen Sohn auf den Arm nahm: „Ja. Er soll Bernd heißen. Wie sein Großvater. Wie geht es Melanie?" „Sie ist sehr schwach. Ihr Zustand ist kritisch. Ich weiß nicht, ob sie die Operation überleben wird. Im Moment schläft sie." Peter gab seinen Sohn an „Onkel" Christoph weiter und betrat leise das Zimmer. Entgegen seiner Erwartung war Melanie wach. Er kniete sich vor ihr Bett und sagte: „Danke mein Schatz. Ich habe Bernd gerade gesehen. Das schönste Geschenk, das einem die Frau machen kann, die man liebt. Und ich liebe Dich." Melanie war zu schwach zum sprechen. Sie genoss nur sichtlich, dass alles vorbei war. Peter nahm ihre Hand und blieb einfach nur bei ihr, bis sie eingeschlafen war. Dann erhob er sich und ging zu seinen Freunden die auf ihn warteten. „Es geht ihr nicht gut. Ich weiß ich verlange viel, aber ich habe eine Bitte an Susanne. Du bist erfahren in Staatsdingen und Melanies beste Freundin. Würdest Du hier bleiben und regieren wenn ich an ihrem Bett wache und an ihrem Bett wachen wenn ich regiere? Ich weiß dass ich das nicht von Henry verlangen kann denn er ist der König und Caroline und Christoph stehen selbst kurz vor der Geburt ihres ersten Kindes. Von denen will ich es nicht erbitten." Peter sah Susanne fragend an, doch stattdessen antwortete Henry: „Wir bleiben beide. Ich habe gute Stellvertreter. Die können das Reich ein paar Wochen regieren." Peter war sehr erleichtert. Er nahm beide einmal kurz in den Arm. Dann verabschiedete er sich und ging zurück zu Melanie.

Zwei lange Wochen gingen ins Land, während derer sich Melanies Zustand nicht wirklich veränderte. Sie schwankte zwischen Leben und Tod. Peter wanderte durch seinen Park und ließ sich vor seinem Lieblingsbrunnen auf einer Bank nieder. Geistesabwesend starrte er ins Wasser und machte sich Gedanken über die ungewisse Zukunft. Susanne kam leise über den Kiesweg zu ihm hin. Sie setzte sich neben ihn und legte den Arm um ihn. Peter genoss es sichtlich und nutzte die Gelegenheit um seinen Gefühlen freien Lauf zu lassen. Minutenlang schluchzte er vor sich hin, während Susanne ihm übers Haar strich bevor sie sagte: „Eigentlich bin ich gekommen, um dir zu sagen das Melanie dich sehen will. Henry ist zurzeit noch bei ihr." Wortlos stand Peter auf. Er warf Susanne noch kurz einen dankbaren Blick zu und ging dann zu seiner Frau. Henry traf er bereits auf dem Flur: „Es geht ihr nicht gut. Ich habe bereits nach dem Doktor rufen lassen. Aber ich glaube es geht mir ihr zu Ende." Peter nickte nur und betrat das Zimmer mit dem Krankenbett. „Hei Schatz", brachte er mühsam hervor. Als er merkte dass Melanie etwas sagen wollte, beugte er seinen Kopf nah zu ihr herunter damit sie nicht so laut sprechen musste. „Mein geliebter Mann. Ich merke dass mein Leben sich dem Ende neigt. Ich bin dankbar dafür dass du mich geliebt hast und für unseren Sohn. Ich hatte den besten Mann von allen. Henry hat mir gerade die Anekdote über dich und die Hure in der Grenzklause erzählt. Ich wusste, es gibt keinen Besseren. Kümmere dich gut um Bernd und halte mein Andenken aufrecht. Suche eine neue Frau für dich und eine Mutter für Bernd. Ich will nicht dass du allein bleibst. Das ist alles worum ich dich bitte." Als er merkte, dass sie nicht mehr sagen würde hob Peter wieder seinen Kopf. Mit Tränen in den Augen nahm er Melanies Hand. Sie sah ihn flehend an.

Er nickte nur zur Bestätigung ihrer Bitte. Er sah die Erleichterung in ihrem Gesicht als sie Augen schloss und einfach aufhörte zu atmen.

Henry und Susanne versuchten krampfhaft Peter aus seiner Lethargie zu erlösen, in die er nach Melanies Tod verfallen war. Aber er reagierte gar nicht. Er saß in einem Sessel und starrte vor sich hin. Henry hatte Boten nach Bielefeld und Schloss Holte geschickt um alle zu informieren. Mitten in der Nacht kam überraschender Besuch. Es war Christoph. Das war der Freund den Peter jetzt brauchte. Als er seine Stimme vernahm, sah er das erste Mal seit Stunden auf und musterte seinen Freund. Er stand auf und nahm ihn minutenlang in den Arm. „Das Ende ist auch ein Anfang.", sagte Christoph, „Als Dein Bote eintraf, hielt ich gerade das erste Mal meine Tochter in den Händen. Wir wollten sie eigentlich Daniela nennen, aber haben sie jetzt Melanie genannt. Nach einer der liebevollsten Frauen die ich je kannte. Und wir wollen, das Du ihr Taufpate wirst." Peter sah seinen Freund an und ein kurzes Lächeln huschte über sein Gesicht: „Ich gratuliere. Es ist mir eine große Ehre. So ist das Ende auch ein Anfang."

Kapitel 15

Zwischenbericht Peter Pollmeier

Ich hatte schon einige Menschen in meinem Leben verloren. Ich musste auch zusehen, wie Tausende in der Schlacht um Varensell abgeschlachtet wurden. Aber ich hatte noch nie einen Menschen verloren, der mir soviel bedeutet hatte wie Melanie. Der seelische Schmerz war schlimmer als jeder körperliche Schmerz. Christoph erwies sich mal wieder als der beste Freund den ich je hatte. Er ließ seine Caro allein in Schloss Holte mit dem neugeborenen Kind. Er blieb die ganze Zeit über bei mir und versuchte mich abzulenken. Wir spazierten stundenlang durch den neuen Park. Wir führten Gespräche mit den Angehörigen der gefallenen Soldaten, die hier versuchten ihren eigenen Schmerz zu lindern. Ich konnte ihren Schmerz gut nachvollziehen. Zu frisch war die Wunde, die das Schicksal in mein Leben gerissen hatte. Am Abend des Folgetages traf Henry II in Varensell ein. Auch sein Gesicht war gezeichnet von einer schlaflosen Nacht. Er ging auf mich zu und nahm mich in den Arm. In der Stunde, da er um seine älteste Tochter trauern musste, schaffte er es noch selbst Trost zu spenden. Wahrlich ein großer Mann. Ob sein Sohn jemals diese Größe erreichen würde? „Mach dir keine Sorgen, mein Sohn.", sagte Henry senior, „Ich kümmere mich um alles. Ich werde ein Grabrede halten und alles Weitere organisieren und mich um alles kümmern." Er lächelte mich an, mit einem Lächeln das anscheinend allen Schmerz dieser Welt verdrängen konnte. Ich nickte ihm freundschaftlich zu und ließ ihn schalten und walten wie er es für richtig hielt. Die Beerdigung war zwei Tage später. Aus der Bevölkerung meines Herzogtums wurden einige Abordnungen geschickt, die ihre Trauer bekundeten. Caro und ihre kleine Melanie waren auch gekommen. Jetzt sah ich mein neues Patenkind zum ersten Mal. Ich muss gestehen, Christoph hatte ganze Arbeit geleistet. Sie war ein richtig süßer kleiner Wonneproppen. Ich dachte, dass sie sich bestimmt gut mit meinem Bernd verstehen würde. Henry II hielt eine bewegende Ansprache am Grab seiner Tochter. Er war sehr gefasst und man sah ihm seine Trauer kaum an als er sprach: „Verehrte Anwesende. Wir sind hier zusammengekommen um Abschied zu nehmen von einer außergewöhnlichen jungen Frau, die viel zu früh von uns ging. Melanie, Herzogin von Varensell. Frau von Peter, Mutter von Bernd und meine älteste Tochter. Noch als sie in meinem Haushalt lebte, hat sie viele Feste organisiert und mir viel Freude bereitet. Sie war die gute Seele auf der Sparrenburg und die Stimmung in Bielefeld ist seit ihrem Fortgang gesunken. Ich habe sie selten so glücklich erlebt, als an dem Tag als sie Peter kennen lernte. Ich habe sie weinen und verzweifeln sehen als er in den Krieg zog und sie nicht wusste was aus ihrer Liebe werden sollte. Ich habe das Glück in ihren Augen gesehen, als sie ihn heiratete. Ihre schwere Krankheit besiegte sie dadurch, das sie all ihre Kraft und Intelligenz in die Errichtung des Gedenkparks steckte. Trotz der großen Komplikationen brachte sie einen gesunden Jungen, Bernd, zur Welt. Sein Lebensbeginn, war der Anfang von ihrem Ende. Sie erholte sich nicht mehr von dieser Operation und starb 14 Tage später in den Armen ihres Mannes. Unser Beileid in dieser schweren Stunde gilt ganz besonders ihrem Mann Peter und ihrem Sohn Bernd, der jetzt ohne seine Mutter aufwachsen muss."

Ich konnte die Tränen nicht unterdrücken. Bernd schlief auf meinem Arm. Nach und nach gingen alle Gäste an mir vorbei und drückten mir ihr tief empfundenes Beileid aus. Eine schreckliche Angewohnheit für die Hinterbliebenen. Später stand ich allein mit Christoph und Bernd am Grab meiner geliebten Frau. Ich gab Bernd an Christoph weiter und ging vor Melanies Grab auf die Knie. Es fiel mir schwer meiner Überzeugung als Atheist treu zu bleiben und nicht zu beten. In meinem Geist sprach ich zu meiner Frau, und bat sie um Verzeihung für alle Fehler, die ich irgendwann mal gemacht haben mochte in unserer kurzen Ehe. Ich erhob mich langsam mit gesenktem Blick. Vor meinen Freunden zog ich mich zurück und gab mich ganz meinem Trauer hin. Mein Sohn Bernd wurde von seiner

Gouvernante Petra betreut. Ich zog mich erst einmal völlig aus dem Leben zurück.

Zwei Wochen später fuhren Christoph und ich nach Schloss Holte zur Taufe der kleinen Melanie. Christoph war glücklich, endlich wieder bei seiner Familie sein zu können. Ich brauchte ihn auch nicht mehr an meiner Seite. Mit dem Verlust musste ich jetzt allein fertig werden. Es war eine schöne kleine Feier im Familienkreis. Ich blieb noch zwei Tage da, um mich abzulenken. Aber dann wurde es Zeit, dass ich mich wieder um mein Herzogtum kümmerte. Ich merkte erst gar nicht, dass ich mein Versprechen, mich gut um Bernd zu kümmern, nicht einlöste.

Ende Zwischenbericht Peter Pollmeier

Peter warf sich wie besessen auf seine Arbeit. Von früh morgens bis spät abends empfing er Besucher und war auf Geschäftsreisen. Er vermehrte mit seinem Wissen aus der Zukunft sein Kapital, ohne das gemeine Volk auszubeuten. Der Wohlstand im Herzogtum Varensell wuchs für alle. Die wirklich arme Arbeiterklasse gab es bald nicht mehr. Peter führte als erster staatliche Sozialleistungen ein. Seine politische Erfahrung in der SPD und im städtischen Parlament seiner Heimatstadt kamen ihm hier sehr zugute. Seine Reisen führten ihn häufig zu seinen Freunden. Er hatte bald Melanies Tod überwunden. Er konnte wieder lachen, scherzen und leben. Er erinnerte sich auch bald wieder an das Versprechen, das er Melanie an ihrem Sterbebett gegeben hatte. Er kümmerte sich wieder mehr um Bernd und versuchte ihm ein guter Vater zu sein. Nur leider hielten ihn seine Geschäfte oft davon ab. Was Bernd fehlte war eine richtige Mutter. Seine Gouvernante Petra hatte schon den jetzigen König von Bielefeld Henry III großgezogen. Sie war gut in ihrem Job, aber von Alters wegen auch ein wenig überfordert mit dem Aufziehen eines Kindes. So kam es wie es kommen musste. An einem herrlichen Augustabend saß Peter wieder einmal auf seiner Lieblingsbank im Park. Petra hatte Bernd bereits ins Bett gebracht und wanderte durch den Park auf der Suche nach ihrem Dienstherrn. Die beiden hatten inzwischen ein freundschaftliches Verhältnis zueinander gewonnen. Als sie ihn fand, setzte sie sich unaufgefordert neben ihn. Eine Weile saßen sie schweigend nebeneinander bis Petra unvermittelt das Gespräch eröffnete: „Ich möchte mich zur Ruhe setzen. Ich habe lange genug kleine Kinder gehütet. Ich werde langsam zu alt dafür. Meine Kraft ist am Ende. Bitte sucht eine Nachfolgerin für mich!" Peter sah sie lange an. Sie hatte recht. Im vergangenen Jahr war sie sichtlich abgemagert und ihr Gesicht hatte viele Falten und Runzeln bekommen. Peter sah ein, dass es so nicht weitergehen konnte. Er gab Petra die Zusage die sie haben wollte. Er begab sich in sein Arbeitszimmer und arbeitete einen Aushang aus, der im ganzen Herzogtum aufgehängt werden sollte. Der Inhalt war eigentlich ganz einfach: Für die Erziehung seines Sohnes sucht Herzog Peter von Varensell eine Gouvernante. Er bietet freie Kost und Logis sowie 5 Goldstücke pro Monat. Sie sollten weiblichen Geschlechts, ledig und gut ausgebildet sein. Am Freitag, 01.09.1631 sollen sich alle Bewerberinnen im Schlosshof einfinden. Gezeichnet: Peter von Varensell.

Der Aushang hatte Erfolg. Am Freitag stellten sich 114 Bewerberinnen vor. Nach und nach wurden sie zu Peter und Petra geführt. Die Befragung führte Petra. Sie wusste mehr, worauf man bei einer Gouvernante zu achten hatte. Peter musste nur darauf achten, ob sie auch einen sympathischen und vertrauenswürdigen Eindruck machte. Die Befragungen dauerten bis tief in die Nacht, aber sie fanden keine Bewerberin die allen Anforderungen entsprach. „Also gut", sagte Peter, „morgen werde ich los reiten und selbstständig in meinem Reich suchen. Es muss doch möglich sein eine passende Frau zu finden. In erster Linie für Bernd, aber vielleicht auch für mich. Gute Nacht Petra. Ich melde mich, sowie ich jemanden gefunden habe."

Peter stand am nächsten Morgen sehr früh auf. Er schwang sich auf sein Pferd und ritt langsam durch jede Ortschaft. Auf diese Art und Weise kam er nach und nach mal wieder durch alle seine Orte. Er fing natürlich in Varensell direkt an. Ritt dann über Verl nach Kaunitz, zurück über Bornholte nach Sürenheide und Avenwedde. Der letzte Ort, genau an der Grenze nach Bielefeld und Schloss Holte war Friedrichsdorf. Hier fand er was er suchte. Nachdem er den Ortskern bereits hinter sich gelassen hatte, ritt Peter auf direktem Weg zurück in Richtung Verl. Etwa auf halbem Wege, sah er eine ganze Herde Kühe über den Weg laufen. Eine junge Frau rannte mit ihrem Schäferhund hinterher und versuchte sie wieder auf die Weide zu treiben. Der eigentliche Hirte lag noch auf der Wiese und schlief den Schlaf der Gerechten. Peter gab seinem Pferd die Sporen und trieb mit lautem Geschrei die Tiere zurück auf die Weide. Als alle drin waren, sprang er von seinem Pferd und verschloss mit einigen schnellen Griffen das Gatter. Der Schweiß auf der Stirn floss ihm ins Hemd. Keuchend vor Anstrengung wandte er sich der anwesenden Dame zu. Als er sie das erste Mal ausgiebig musterte, verschlug es ihm fast den Atem. Sein Blick trübte sich und das erste Mal seit langer Zeit waren die Schmetterlinge im Bauch wieder da. Vor ihm stand der Traum längster vergangener Nächte. Damals in der Zukunft, kannte er mal eine Frau namens Sarah. Er glaubte sie hier vor sich stehen zu sehen. Die Dame die vor ihm stand und lächelte hatte rotblonde schulterlange Haare. Sie war etwas kleiner als Peter. Ihr Körper war perfekt. Die langen Beine endeten in fantastischen Hüften mit einem knackigen Po. Ihr flacher, nicht bekleideter, Bauch glänzte in der Sonne und ihr Busen hatte die perfekte Größe. Nicht zu groß und nicht zu klein. Wenn sie jetzt noch die Qualifikation zur Gouvernante hat, wäre sie die perfekte Frau. „Andreas Samuel, zu ihren Diensten.", stellte Peter sich vor. Er hatte den Namen eines alten Freundes angenommen, damit die Frau ihm gegenüber nicht vor Respekt zusammenbricht wenn sie erfährt, dass er der Herzog ist. „Und mit wem habe ich die Ehre?" „Jennifer Gärtner. Verzeiht dass Ihr hier aufgehalten wurdet. Ich wohne eigentlich nur hier in der Nähe. Der schlafende Hirte ist mein Onkel. Vielen Dank für eure Hilfe.", sagte sie. „Es war mir eine Ehre.", erwiderte Peter, „aber ehe ich Euch wieder aus den Augen verliere, eine Frage. Der Herzog sucht eine neue Gouvernante für seinen Sohn. Habt ihr Interesse? Ich soll nämlich in seinem Auftrag jemanden suchen." „Ja, ich habe davon gehört. Ich habe zwar eine gute Schule besucht, aber ich bin nur die Tochter eines Bauern welche Chance hätte ich schon genommen zu werden. Ich habe auch schon öfter darüber nachgedacht, aber mein Vater sagt, dass der Herzog alt und hässlich ist und seit dem Tod seiner Frau eine Gespielin nach der anderen hat. Jede die bei ihm anfangen möchte, muss sich ihm erst einmal hingeben. Ich suche aber immer noch nach meinem Traumprinzen und werde das garantiert nicht tun." Peter musste lächeln. Er wusste zwar, dass einige Gerüchte über ihn im Umlauf sind, aber dass es schon so übertrieben wird hätte er denn doch nicht gedacht. Deshalb holte er auch zu einer ausführlichen Antwort aus: „Holde Maid. Ich hoffe ihr haltet mich für glaubwürdig, denn ich werde Euch jetzt einiges erzählen, was der Wahrheit entspricht denn ich kenne den Herzog schon sehr lange. Er ist 22 Jahre alt und auch recht gut aussehend. Er hat immer nur mit seiner Frau Melanie geschlafen und seit ihrem Tod keinen Beischlaf mehr praktiziert. Er hatte noch nie eine Geliebte im Schloss, und wird wahrscheinlich auch nie eine haben. Er ist ein absoluter Ehrenmann und wie ihr hoffentlich zugeben müsst, ein guter Herrscher. Was die Gouvernante angeht, so kann ich euch sagen das wir bereits 114 Bewerberinnen befragt haben und nicht eine dabei war die auf Anhieb so vertrauenswürdig und sympathisch war, wie Ihr es seid. Außerdem ist hier nicht die Ausbildung ausschlaggebend sondern die gute Erziehung und die Liebe zu Kindern. Ich bitte Euch also, tretet morgen vor das Komitee. Es besteht nur aus mir und der alten Gouvernante Petra. Mich habt ihr bereits überzeugt und bei ihr wird Euch das auch gelingen. Ich denke ihr habt den Job." Stefanie musste zwar erst noch ein wenig mit sich ringen aber am Ende sagte sie doch zu. Aber erst nachdem Peter ihr versprechen musste, das sie sich dann auch öfter sehen würden.

Um zehn Uhr trat Jennifer vor das Komitee. Peter hielt sich im Hintergrund und überließ Petra die Fragerei. Je mehr sie von Jennifer erfuhr, desto öfter sah man sie lächeln. Zum Schluss nickte sie Peter nur kurz zu und verließ den Raum. „Ich gratuliere.", sagte Peter, „Wie ich es mir dachte, habt Ihr alle überzeugt. Ich bringe Euch jetzt zu Eurem neuen Schützling." Gemeinsam verließen sie das Zimmer und gingen zu Bernd. Er sah Jennifer und fasste sofort Vertrauen. Er fing gerade an, seine ersten Schritte zu machen. Er wankte auf sie zu und ließ sich sofort von ihr auf den Arm nehmen. Als sie ihn trug, entwand er sich ihrem Halt und streckte die Ärmchen nach Peter aus und rief: „Papa, Papa."

Damit war es raus. Jetzt wusste sie, wer der wahre Herzog war. Bevor sie reagieren konnte, kam ihr Peter zuvor: „Tut mir leid, Jennifer, aber ich wollte nicht das Ihr vor Respekt kein Wort herausbekommt wenn Ihr wisst wer ich bin. Es war allerdings das erste Mal, das ich diesen Trick anwenden musste. Ich hoffe, Ihr seht Eure Vorurteile nicht bestätigt. Ich will wirklich nur das Beste für mein Volk, meinen Sohn und für mich und zwar in der Reihenfolge." Sie musste schließlich lächeln als sie antwortete: „Nein, ich bin Euch nicht böse. Es freut mich dass ich mich geirrt habe. Es wird mir ein Vergnügen sein für Bernd zu sorgen. Verzeiht das ich an Euch gezweifelt habe." „Das macht nichts. Manchmal ist es nicht schlecht wenn man weiß was die Leute denken. Außerdem hat es mir gezeigt, das ich öfter mal durch die Gegend reiten und mich mit den Leuten unterhalten sollte, damit solche Gerüchte erst gar keinen Nährboden finden können."

Sie unterhielten sich noch eine ganze Weile so weiter, bis es Zeit wurde Bernd ins Bett zu bringen. Peter war das erste Mal seit langer Zeit wieder glücklich. Er freute sich darüber, dass er Jennifer jetzt jeden Tag um sich haben würde. Sollte das die nächste Frau sein, die er Melanie versprochen hatte?

Kapitel 16

Liebevolle Fürsorge, das war es was Bernd brauchte. Starke Nerven und eine unerschütterliche Ruhe, das war es was seine Gouvernante brauchte. Und Jennifer hatte genau das. Peter stand im Türrahmen zum Kinderzimmer, als ihm das durch den Kopf ging. Wenn er mal davon absah, dass er Jennifer auch für sich wollte, so war sie allein für Bernd schon das Beste was ihm passieren konnte. Er räusperte sich, doch Jennifer schien ihn bereits bemerkt zu haben. Sie reagierte nur mit einer Handbewegung, und machte ihm klar dass er ruhig reinkommen könne. Sie hatte Bernd gerade ins Bett gebracht. Peters „Kleiner Prinz", wie er ihn liebevoll nannte, sah seinen Vater aus großen Augen an und lächelte. Peter beugte sich zu ihm runter. Er streichelte ihm sanft durch sein dunkles Haar und drückte ihm einen Gute Nacht Kuss auf die Stirn. Er kniete sich neben das Bettchen und begann ihm eine Geschichte zu erzählen. Jennifer kniete neben ihm und hörte gebannt zu. Sie glaubte er würde immer Science Fiktion Geschichten erzählen, dabei waren es nur reine Erlebnisberichte aus seiner Vergangenheit in der Zukunft. Als Bernd endlich eingeschlafen war machte Peter den ersten Schritt in die richtige Richtung indem er sie fragte: „Wie wäre es noch mit einem kleinen Spaziergang durch den Park. Die letzten Blüten stehen noch. Bald kommt der Winter. Dann ist es bald vorbei mit den schönen Herbstabenden." Jennifer willigte schneller und erfreuter ein, als er zu hoffen gewagt hätte.

Zwischenbericht Jennifer Gärtner

Davon hatte ich in den letzten Tagen immer geträumt. Ein Spaziergang mit dem Herzog. Mein Herz schlug mir bis zum Hals und meine Handflächen wurden feucht. Ich kam mir vor, als wäre ich einfach mit meinem Mann in einem Park. Hier war nichts zu spüren von einem typischen Dienstherren-Gouvernanten Verhältnis. Hier waren einfach nur zwei Menschen, die sich liebten und wussten dass ihre Liebe auf Dauer siegen würde. Ich glaube, Herzog Peter ist ein sehr schüchterner Mensch. Er braucht seine Zeit bis er zur Sache kommt. Immer erst mal eine Freundschaft aufbauen, und dann mal schauen was daraus wird. Ich war gerne bereit ihm diese Zeit zu geben. Ich konnte warten. Ich hörte eigentlich kaum zu was er mir alles erzählte. Ich reagierte häufig nur mit einer Standardantwort. Ich genoss einfach nur seine Gegenwart. Der Park war wirklich wunderschön zu dieser Jahreszeit. Das mit allen Farben durchsetzte Herbstlaub glänzte in der untergehenden Sonne und die ersten Vogelschwärme wanderten gen Süden. Die Luft wurde am Abend langsam kühl. Ganz spontan machte ich den ersten Schritt. Ich hakte mich in seinem Arm ein, und legte meinen Kopf auf seine Schulter. Peter ließ es willig geschehen. Als es schon fast stockfinster um uns herum war, hob ich meinen Blick und sah ihn an. Wir sahen uns tief in die Augen und ich sah sein Verlangen darin. Aber der Moment der Spannung verging ohne dass etwas passierte. Es hatte sich jetzt eine Freundschaft zwischen uns entwickelt. Ohne Rücksprache ging ich dreist zum Du über als ich sagte: „Lass uns zurückgehen. Morgen ist Petras Verabschiedung und du hast einen langen Tag vor dir." „Du hast recht. Ich sollte schlafen gehen. Ich wünsche dir eine wunderschöne gute Nacht." Wir gingen zurück und jeder blieb für sich. Ich hatte gehofft, dass er es sich überlegen und vielleicht an meine Tür klopfen würde. Aber dem war nicht so. Ich musste alleine schlafen gehen.

Morgens um elf Uhr trudelten die ersten Gäste zu Petras Verabschiedung ein. Eine kleine Bühne war im Park errichtet worden und die Sitzreihen füllten sich. Am Mittag sollte der Festakt beginnen, aber der wichtigste Mann fehlte noch. König Henry III von Bielefeld. Petra hatte einen großen Teil ihres Lebens mit seiner Erziehung verbracht, und er hatte fest versprochen teilzunehmen. Trotzdem begann Peter die Anwesenden zu begrüßen und hielt eine rührende Rede über Petras Leben und Wirken. Als er sie gerade mit einer großzügigen Abfindung in den Ruhestand schicken wollte, wurde er rüde unterbrochen: „Einspruch!! Ich kann nicht zulassen, dass Du ihr den Ruhestand ausrichtest. Das ist meine Aufgabe." Peter brach ab und sah sich um. Der fehlende Gast war endlich eingetroffen. König Henry III sprang von seinem Pferd und kam auf die Bühne. Peter machte auch bereitwillig Platz. „Liebste Petra. Du hast mich großgezogen und mir all Deine Werte mit auf den Weg gegeben. Es obliegt meiner Verantwortung dafür zu sorgen dass es Dir an nichts fehlt. Ich habe Dir ein kleines Häuschen im Bielefelder Wald gekauft und habe dafür gesorgt, dass du Dir keine finanziellen Sorgen mehr machen musst in Deinem Leben. Also komm bitte mit mir nach Bielefeld." Petra standen die Tränen in den Augen. Sie war sprachlos und nickte nur bevor sie Henry um den Hals fiel. Peter stand gerührt daneben und ergriff jetzt auch noch einmal das Wort: „Ich danke Dir, mein lieber Henry, für diese großzügige Geste. Aber auch ich will nicht undankbar erscheinen. Deshalb habe ich hier noch ein kleines Geschenk. Ich hoffe das Sie immer an uns denken werden, wenn sie es sehen." Mit diesen Worten hielt er eine kleine Schmuckschatulle hoch. Peter öffnete sie und Petra stockte der Atem. Ein handgefertigtes Diadem, überzogen mit lupenreinen Diamanten lag vor ihr auf einem Samtkissen. Peter legte es ihr an und umarmte sie noch einmal zum Abschied, bevor sie sich mit Henry auf den Weg in ihre neue Heimat machte. „Das Buffet ist eröffnet", rief Peter und eröffnete damit die eigentlichen Feierlichkeiten. Er verließ die Bühne und kam zu mir herunter. Er nahm mir Bernd ab und knuddelte seinen Sohn ausgiebig. „Ganz ein Vater.", schoss es mir durch den Kopf. Meine Zuneigung zu Peter wuchs in diesem Augenblick ins Unermessliche. Ich wollte diesen Mann mehr als alles andere in meinem Leben. Auch meine Liebe zu Bernd stieg mit jeder Minute die ich mit ihm verbrachte. Ich wollte ihn wie meinen Sohn großziehen. Egal ob als Mutter oder als Gouvernante. Ob mir das gelingen sollte?

Ende Zwischenbericht Jennifer Gärtner

Die Feier dauerte bis in den Abend an. Nachdem Bernd im Bett lag, tanzten Jennifer und Peter häufig eng umschlungen zusammen. Sie waren beide im siebten Himmel. Der Wein tat sein bestes um die Romanze zum Höhepunkt zu bringen. Gerade als es zum ersten Kuss kommen sollte, hörte Peter seinen Namen. Sein Butler Albert von Wales suchte nach ihm. Als er ihn ausfindig gemacht hatte, kam er schnell angelaufen, verbeugte sich knapp und berichtete: „Ein nobler Herr sitzt in eurem Kaminzimmer, werter Herzog. Er sagt er hätte eine Nachricht auf Leben und Tod für Euch." „Danke, ich komme", erwiderte Peter nur knapp. Er warf Jennifer einen entschuldigen Blick zu, drehte sich um und ging.

Peter saß ein gut gekleideter Mann mittleren Alters gegenüber. Er hatte sich noch nicht zu erkennen gegeben. Peter lehnte sich zurück und ließ den Eindruck auf sich wirken, ehe er fragte: „Was kann ich für Euch tun?" „Berendes mein Name. Ich bin Berater von Herzog Andy von Gütersloh. Ich komme in seinem Auftrag. Ich soll Euch eine Nachricht überbringen. Hier bitte." Damit überreichte er Peter eine versiegelte Schriftrolle. Peter rollte sie auseinander. Es waren sogar mehrere Seiten. Mit einem flauen Gefühl im Magen begann er zu lesen.

„Mein lieber Freund. In der Stunde der höchsten Gefahr, schicke ich dir meine besten Freund und vertrauensvollsten Kurier. Graf Ernst, Bruder meines Vaters, mein Oheim, strebt nach der Macht in Gütersloh. Er hat ein Heer aufgestellt und schickt das Volk in einen Bürgerkrieg. Bruder gegen Bruder. Gütersloher gegen Güterslohher. Er will den Krieg weiterführen. Durch geschickte Lügen und Intrigen hat er viele Menschen hinter sich gebracht. Wir werden unsere Festung nicht lange halten können. Es ist zwecklos, mir Verstärkung zu schicken. Ich habe es versäumt, Dich und die anderen Bündnispartner rechtzeitig zu informieren. Ich werde solange wie möglich die Stellung halten, aber ich fürchte dass der Kampf schon entschieden ist, wenn Du diese Zeilen in Deinen Händen hältst. Sollte ich überleben, bitte ich um Asyl bei Dir. Ich hoffe es ist mir gewährt. Auf jeden Fall solltest Du deine Truppen mobilisieren, denn mein Oheim will den Krieg wieder aufnehmen. Er pfeift auf das Bündnis. Richte Dich darauf ein. Dein Freund. Andy."

Das war alles. Peter ließ sich in seinen Sessel fallen und musste das Gelesene erst einmal verarbeiten. Er reichte dem Kurier die Botschaft und ließ in lesen. „Steht es wirklich so schlimm?", fragte er den Kurier. „Leider ja. Ihr solltet auf ihn hören und eure Truppen aufstellen lassen und eure Bündnispartner informieren." Peter nickte. Er setzte sich an seinen Schreibtisch und schrieb Botschaften an Henry und Christoph. Er versiegelte sie und reichte sie dem Kurier. „Andy vertraut euch, also werde ich das auch tun. Würdet ihr die Nachrichten zustellen?" „Selbstverständlich.", antwortete er. Er stand auf, verbeugte sich knapp und machte sich auf den Weg. Peter setzte sich wieder und verfiel in tiefes Grübeln. Dann ließ er General Franz kommen und trug ihm auf, die Truppen zu mobilisieren.

Jennifer kam herein und stellte sich hinter Peter und fing an sanft seinen Nacken zu massieren. „Probleme?", fragte sie. „Ja", antwortete Peter, „der Krieg geht weiter!"

Kapitel 17

Zwischenbericht Peter Pollmeier

Die Fanfaren ließen mich aus dem Schlaf hochschrecken. In meinem Pyjama stürmte ich auf die Zinnen. Sollte das der erwartete Angriff sein? Dann waren wir verloren. Die Truppenaushebungen waren noch nicht abgeschlossen. Wir hatten zurzeit nur knapp 400 Mann in Varensell. Das würde nicht lange reichen. Ich erreichte die Zinnen in Rekordzeit und sah General Franz Befehle geben. Meine Frage nach dem Grund der Aufregung hätte ich mir sparen können, wenn ich einmal in Richtung Park geguckt hätte. Deshalb antwortete General Franz auch nicht, sondern zeigte nur wortlos nach draußen. Es dämmerte gerade erst und ich hatte arge Probleme damit, etwas zu erkennen. Nach ein paar Sekunden hatten sich meine Augen an das Dämmerlicht gewöhnt. Ich sah einen Reiter auf unser Tor zupreschen. Er ritt zwar mit einer hohen Geschwindigkeit, aber er schien sich nicht recht im Sattel halten zu können. Wahrscheinlich war er verwundet. Ich lies mir den selbstgebauten Feldstecher geben und sah mir den Reiter genauer an. Da endlich erkannte ich ihn. Es war Andy, Herzog von Gütersloh. Und ich erkannte noch etwas. Einige Meter hinter ihm ritten drei weitere Männer die versuchten ihn einzuholen. Wahrscheinlich waren es die Schergen seines Oheims. „Schickt einige Reiter raus, die ihn abholen und beschützen sollen.", schrie ich General Franz zu aber er winkte nur ab und deutete auf das Tor. Anscheinend hatte er das bereits selbst angeordnet. Unser Tor öffnete sich und 20 gut ausgerüstete Soldaten ritten dem Herzog entgegen. Ich griff erneut zu meinem Feldstecher und behielt die Aktion im Auge. Als die drei Verfolger meine Leute sahen, drehten sie ab und ritten zurück in den Wald. Sicher, aber schwer verletzt, erreichte Andy die schützende Burg. So schnell mich meine Beine trugen, rannte ich zu ihm und ließ ihn vorsichtig in ein Bett bringen. Ich ließ Dr. Bärenthal rufen. Aber die Diagnose war mir schon vorher klar. 2 Pfeile steckten tief in seinem Rücken. Die

Ränder um die Wunden waren bereits verkrustet. Wer weiß, wie lange er geritten und geflüchtet war. Dr. Bärenthal kam so schnell wie der Wind. Ich blieb bei Andy und verfolgte die Operation mit Argusaugen. Die Pfeile wurden entfernt und die Wunden desinfiziert. Andy schrie auf vor Schmerzen, aber er würde durchkommen. Bevor er in einen heilenden Schlaf fiel zwang er sich, ein paar Worte zu sprechen. Ich beugte meinen Kopf nah zu ihm herunter. Seine Lippen bebten und die schmerzhaften Züge seines Gesichtes zeigten mir, wie schwer es ihm fiel, diese Sätze heraus zu bringen: „Schloss Holte, mein Oheim will Schloss Holte angreifen und dann einen Tausch vorschlagen. Du musst sie warnen. Sie können diesen Kampf nicht überstehen." Dann schlief er ein. Ich blickte einige Minuten nur stur geradeaus. Ich musste das Gehörte erst einmal verarbeiten. Schloss Holte. Das Stammschloss meines Freundes, Herzog Christoph vom Holter Land. Die Heimat meines Patenkindes, meiner Nichte Melanie. Das Kind von Christoph und Caroline, der Schwester meiner toten Frau. Wer weiß, ob die Truppen vielleicht sogar schon unterwegs sind. Konnte ich Christoph überhaupt noch helfen. Graf Ernst würde es nicht wagen ihnen etwas anzutun, wenn er wirklich vorhaben sollte die Ländereien zu tauschen. Ich musste handeln. Ich suchte General Franz und fand ihn in der Küche. Auch ein Mann wie er muss hin und wieder mal etwas essen. Er sah mich abschätzend an, und ich fragte mich warum. Bis ich merkte das ich immer noch meinen Pyjama trug. Was soll´s. Es gab jetzt wichtigere Dinge zu erledigen, also brachte ich die Sache auf den Punkt: „Graf Ernst macht ernst, aber nicht hier. Er greift Schloss Holte an um später die Ländereien zu tauschen. Herzog Christoph ist darauf nicht vorbereitet. Man wird ihn überrennen. Schickt sofort Boten nach Schloss Holte und Bielefeld und sagt ihnen das wir morgen früh aufbrechen. Schickt einen Spähtrupp nach Gütersloh. Ich will wissen wo die Truppen stehen, und sorgt dafür dass die Aushebungen heute noch beendet werden und die Truppen morgen früh bereit sind zum Abmarsch. Wir ihr das schafft ist mir egal. Tut es einfach. Die Späher und Boten sollen sich beeilen. Ich will heute noch Berichte haben." In dem Moment glaubte ich, das man General Franz die Zunge herausgeschnitten hatte. Er hatte den ganzen Tag noch kein Wort mit mir gewechselt. Auch jetzt blickte er nur kurz von seinem Essen auf und nickte. Eigentlich könnte ich diese Disziplinlosigkeit nicht einfach so hinnehmen, aber ich wusste genau wie gut dieser Mann war. Also blieb mir keine andere Wahl. Naja, vielleicht sollte ich mich jetzt erst mal anziehen. Sonst würde der Rest der Truppe auch noch den Respekt vor mir verlieren.

Ende Zwischenbericht Peter Pollmeier

König Henry III von Bielefeld musste sich gerade mit irgendwelchen Straßenbauproblemen herumschlagen, als der Bote aus Varensell eintraf. Der Schock war ihm ins Gesicht geschrieben. Der Angriff auf Schloss Holte bedeutete nicht nur eine Gefahr für seinen Verbündeten und lebenslangen Freund Christoph, sondern es bedeutete auch, das Graf Ernst sich mit dem Paderborner Kurfürsten verbündet haben musste. Um Schloss Holte anzugreifen gibt es nur zwei Marschrouten. Durch das Herzogtum Varensell, aber das war ausgeschlossen oder durch das Fürstentum Paderborn. Es gab keine andere Möglichkeit. Das konnte dem Kurfürsten nur recht sein. Das neutrale Herzogtum lag genau zwischen Paderborn und Bielefeld und verhinderte einen Einmarsch von Paderborner Truppen in das Bielefelder Königreich. Es sei denn, man wollte Schloss Holtes Neutralität verletzen. Er schickte den Boten zurück nach Varensell mit der Nachricht, das er sofort alle verfügbaren Truppen nach Schloss Holte schicken würde und auch weitere Erhebungen folgen sollten.

Etwa zeitgleich traf auch der Bote aus Schloss Holte wieder in Varensell ein. Beide trafen sich zum Rapport bei Peter. Der Bote aus Bielefeld war schnell abgehandelt, aber der Schloss Holter hatte mehr zu berichten: „Verehrter Herzog, es war mir leider nicht möglich die Nachricht an Herzog Christoph persönlich zu überbringen. Ich wurde bereits am Tor von den Wachen aufgehalten.

Man informierte mich freundlich aber bestimmt darüber, das Graf Ernst von Gütersloh der neue Herr auf Schloss Holte sei. Ich sollte zu meinem Herrn zurückgehen und ihm das berichten." Peter traf fast der Schlag. „Die müssen 24 Stunden am Tag durchmarschiert sein. Anders ist das nicht möglich." Er ging zu Andy, und sah seinen Freund wach im Bett liegen. „Erzähl mir mehr. Wann sind die Truppen aufgebrochen?" „Bereits vor vier Tagen. Man hat mich gefangen gehalten, bevor mir die Flucht gelang. Ich wusste, dass ich verfolgt wurde, aber wie nah die Verfolger waren, merkte ich erst, als mich der erste Pfeil in den Rücken traf. Kam meine Warnung bereits zu spät? Habe ich das alles umsonst auf mich genommen?" Peter sah ihn aus traurigen Augen an als er sagte: „Zu spät? Ja. Umsonst? Nein. Durch deine Flucht können wir frühzeitig unsere Truppen aktivieren und eingreifen, bevor sich die Güthersloher Truppen wieder regeneriert haben. Deine Flucht hat uns sehr geholfen. Also mach dir keine falschen Gedanken. Ruhe dich aus und werde gesund. Hier bist Du in Sicherheit." Peter ließ Andy schlafen. Er schickte noch einen Boten nach Bielefeld um Henry die neusten Erkenntnisse zukommen zu lassen. Er schlug vor, sich am nächsten Abend im Wald mit beiden Armeen zu treffen und vereint in der Nacht vor dem Holter Schloss aufzumarschieren. Und er bat um Henrys Zustimmung, das Kommando zu führen, da der Kampf ja durch die Varenseller Ländereien begonnen wurde. Die Zusage von Henry kam auch noch in derselben Nacht. Peter empfing seinen Boten im Kaminzimmer. Am nächsten Morgen sollte es wieder in den Kampf gehen. Er saß in seinem Sessel und dachte das erste Mal seit langer Zeit wieder an seine Familie und seine Freunde zu Hause. Henry und Christoph waren ja hier, aber der Rest? Man hatte sie inzwischen bestimmt schon für tot erklärt. Wer weiß, wie seine Familie darauf reagiert hatte. Und die Freunde? Achim und Sabrina, Nicola und Detlef und ihre Kinder, Christian und Alexandra, Andreas, Edwin und all die Parteifreunde. Wer hatte die Lücke gestopft, als er wegging. All das ging Peter durch den Kopf als ihm der erneute Kampf bevorstand. Er stand auf und schlich leise ins Kinderzimmer. Er sah Bernd schlafend im Bett liegen. Würde er ihn wiedersehen? Was sollte aus Bernd werden, wenn er nicht zurückkam? Zu viele unbeantwortete Fragen. Aber die eine nach Bernds Zukunft, duldete keinen Aufschub. Die musste noch vor dem Kampf beantwortet werden. Er verließ leise das Zimmer und begab sich zu Jennifer. Er klopfte vorsichtig an. Zu seiner Überraschung schlief sie noch nicht, sondern lag noch wach im Bett. Peter kam herein und lächelte sie freundlich an. Er setzte sich auf ihre Bettkante und nahm ihre Hand. „Morgen geht der Kampf weiter. Ich weiß nicht ob ich das überleben werde. Ich möchte dich um etwas bitten. Kümmere dich um Bernd wenn mir etwas passieren sollte. Ich weiß ihn bei Dir in guten Händen. Ich kann Dich nicht zwingen aber deine Zusage würde mir sehr viel bedeuten." Er sah sie mit seinem treudoofen Hundeblick aus fragenden Augen an. Sie ließ mit der Antwort auch nicht lange auf sich warten: „Mein lieber Freund. Ich liebe Bernd wie meinen eigenen Sohn. Sollte dir wirklich etwas zustoßen, werde ich Bernd wie meinen Sohn groß ziehen. Aber es wird dir nichts geschehen. Ich fühle es. Du wirst zu mir und Bernd zurück kommen. Da bin ich mir ganz sicher." „Danke das bedeutet mir sehr viel. Wir werden uns wieder sehen. Ich gebe dir vollkommen recht. Danke. Gute Nacht.", sprach Peter und drehte sich auf dem Absatz rum und ging. Jennifer sah ihm verständnislos nach.

Peter öffnete den Schrank vor sich und nahm den guten schottischen Whiskey heraus. Er goss sich ein Glas davon ein und leerte es mit einem Hieb. Dann füllte er es wieder auf und nahm es mit sich in die kleine Sitzecke. Er ließ sich im Sessel nieder und dachte über Jennifer nach. Sie hatte ihm gerade mit nahezu erschreckender Offenheit ihre Gefühle gezeigt, doch er hatte sie ignoriert. Er wollte sie, aber seine Trauer um Melanie war noch zu groß. Doch konnte er das Risiko eingehen, Jennifer zu verlieren weil er zu lange zögerte? Er war sich nicht sicher. Melanie war tot. Sie hatte ihn sogar gebeten wieder zu heiraten. Er beschloss jetzt endlich aktiv zu werden. Er leerte sein Glas und ging zurück zu ihr. Ohne groß darüber nachzudenken, und ohne Nervosität aufkommen zu lassen öffnete er die Tür und ging schnellen Schrittes auf sie zu. Er übernahm die Kontrolle. Er nahm sie in den Arm und drückte ihr einen leidenschaftlichen Kuss auf. Sie erwiderte ihn sofort. Im Gegensatz zu Melanie war sie keine Frau die bis zur Hochzeit warten wollte. Sie zog ihn sanft aufs Bett und gab sich ihm hin bis zur totalen Erschöpfung. Zufrieden und glücklich schliefen sie beide ein.

Kapitel 18

Es war eine dunkle Nacht wie man sie lange nicht mehr erlebt hatte. Die Feuer in der kleinen Zeltstadt reichten gerade Mal um einige umliegende Meter zu erhellen. Die Septembernächte wurden langsam kühl. Um kein schlechtes Beispiel für seine Männer zu sein, hatte Peter darauf verzichtet einen wärmenden Mantel zu tragen. Er saß in der Mitte der Zeltstadt am größten Feuer. Neben ihm saß General Franz. Sie hatten bereits alles besprochen und warteten jetzt nur noch am vereinbarten Treffpunkt auf die Truppen aus Bielefeld. Obwohl viele Männer bei ihm waren, konnte sich Peter eines mulmigen Gefühls nicht erwehren. Die dunkle Nacht um ihn herum und die vielen verschiedenen tierischen Geräusche im Wald waren für einen Mann aus der Zukunft recht ungewohnt. Auch die Tatsache, dass sie schon über ein Jahr in der Vergangenheit waren, änderte nichts daran. Tagsüber liebte Peter die Natur, aber nachts?

Der Morgen graute bereits, als Peter geweckt wurde. Er öffnete die Augen und hörte eine ihm bekannte Stimme: „Aufstehen, du Langschläfer. Es wird Zeit das wir in ein paar Gütersloher Ärsche treten." Es war Henry. Also war die Bielefelder Armee endlich eingetroffen. Die Varenseller bauten ihre Zeltstadt ab, und dann ging es los. Es waren nur noch wenige Kilometer bis nach Schloss Holte. Bestimmt wusste Graf Ernst bereits dass sie kamen. Unterwegs diskutierten sie noch einmal über die Kommandoaufteilung. Peter hatte das militärische Kommando, aber Henry sollte die Verhandlungen führen. Denn es war seine Schwester die gefangen gehalten wurde. Gegen Mittag hatten die alliierten Truppen das Schloss komplett eingekesselt. Der vereinzelte Widerstand der Wachtruppen war schnell gebrochen. Henry stellte sich vor die Brücke und rief laut nach Graf Ernst. Dieser erschien auch prompt. Anscheinend hatte er auf den Zinnen nur darauf gewartet. „Graf Ernst von Gütersloh. Ich fordere Euch hiermit zum ersten und letzten Mal auf, sich der Übermacht zu ergeben. Ihr habt widerrechtlich ein Amt an euch gerissen und seid in ein neutrales, durch einen

Bündnisvertrag geschütztes, Herzogtum einmarschiert. Ihr habt genau 24 Stunden Zeit Euch zu ergeben und Eure Truppen werden nach Gütersloh zurückgeleitet, ohne das ihnen ein Haar gekrümmt wird. Ihr selbst werdet Euch vor einem Kriegsgericht verantworten müssen. Solltet Ihr euch ergeben, kann ich dafür garantieren das kein Todesurteil ausgesprochen werden wird." Ein lautes Gelächter war zu hören. Graf Ernst kringelte sich vor Vergnügen. Er dachte anscheinend gar nicht daran sich zu ergeben. „Meine verehrten Belagerer, „ begann er höhnisch, „bevor Ihr mit Eurem Heer hier aufmarschiert seid, habe ich selbstverständlich noch die Umgebung geplündert. Ich kann einer Belagerung monatelang standhalten. Sollten die Lebensmittel knapp werden, werden es die Gefangenen als erste zu spüren bekommen. Also überlegt Euch dreimal wie ihr weiter vorgehen wollt." Sprach es und drehte sich auf der Stelle um und ging.

Laut fluchend ging Henry zu seinen Freunden zurück. „Ich kenne diese Burg wie meine Westentasche. Es gibt hier keinen versteckten Eingang wie damals in Neuhaus. Wir können sie nur belagern. Aber der Graf hat recht. Wir riskieren das Leben der Gefangenen.", sagte Henry zu Peter. Dieser sah seinen Freund aus treuen Augen heraus an als er antwortete: „Haben wir denn eine Wahl? Wir können ihm nicht einfach die Ländereien überlassen. Das weißt Du so gut wie ich. Ich lasse die Belagerung beginnen und schnappe mir einen Spähtrupp. Wir werden die letzten Gütersloher in der Gegend aufreiben und vielleicht auch ein paar Gefangene machen. Vielleicht finden wir so auch einen Weg in die Burg. Mehr können wir zurzeit nicht machen." Sie reichten sich die Hände und trennten sich. Peter suchte sich 5 der besten Männer aus und machte sich auf den Weg in die umliegenden Wälder. Henry hielt derweil bei der Belagerung die Stellung. Am Abend erschien Graf Ernst auf den Mauern und ließ Henry holen: „Ich habe ein Angebot für Euch. Ich möchte verhandeln. Ich bitte Euch als Gast in die Burg. Als Zeichen meines guten Willens werde ich Eure Schwester, Herzogin Caroline vom Holter Land und ihre Tochter Melanie freilassen." Er machte ein Zeichen und das Tor öffnete sich einen Spaltbreit. Caro und Melanie kamen heraus. Caro ging auf ihren Bruder zu und sie schlossen sich in die Arme. „Er scheint es ernst zu meinen. Er will wirklich verhandeln. Man hat uns alle auch bis jetzt noch gut behandelt. Wir waren nicht im Kerker, sondern nur in unseren Gemächern eingesperrt. Geh zu ihm und mach diesem Wahnsinn ein Ende.", sagte Caro zu ihrem großen Bruder. Er nickte kurz und ging dann schnellen Schrittes auf das Tor zu. Mit einem lauten Knall schloss es sich hinter ihm. Die Truppen konnten nur warten wie es weitergehen würde.

Derweil jagte Peter mit seinem Trupp hinter zwei Güterslohern her. In einer Schlucht jagten sie sie in eine Sackgasse. Der Übermacht ausgesetzt ergaben sich die zwei Gütersloher umgehend und gingen in Gefangenschaft. „Diese Schlacht habt ihr gewonnen.", sagte einer von ihnen, „ aber den Krieg werden wir gewinnen. Jetzt wo der König in unserer Gewalt ist, kann uns keiner mehr aufhalten." Peter stockte der Atem. Er packte den Mann am Kragen und schüttelte ihn ohne Unterlass aber er sagte nichts mehr. Peter blieb nur eins. So schnell wie möglich zurück ins Lager reiten. Ohne Pause ritten sie eine Stunde durch, bis sie wieder in den Belagerungsring kamen. Vor seinem Zelt sprang er von Pferd und schrie: „Meldung, sofort." Gleichzeitig spurtete er durch die Zeltplane und fand Caro an einem Kartentisch stehend. „Caro, du bist frei? Was ist passiert." Sie berichtete was geschehen war. Es endete damit, das der Graf die Verhandlungen für gescheitert und den König als gefangen erklärte. Peter sackte in seinem Stuhl zusammen. Wie sollte das enden? Christoph und Henry in Gefangenschaft, eine überlegene Stellung des Gegners und die Gewissheit, das der Sieg des Krieges auch den Tod der Gefährten bedeuten würde. Das war die einzige klare Alternative. Peter konnte die Belagerung ewig durchhalten. Irgendwann würden die Eindringlinge aus Gütersloh aufgeben müssen. Aber vorher würden Henry und Christoph garantiert sterben. Wenn Peter aber nachgeben würde, würden seine Ländereien an Gütersloh fallen. Das Herzogtum Gütersloh würde gestärkt und von einem Feind, statt einem Verbündetem regiert. Das Königreich

Bielefeld hätte Feinde an beiden Seiten und es wäre nur eine Frage der Zeit bis Gütersloh und Paderborn zusammen einmarschieren würden. Regiert von Susanne, nach Henrys Tod, würde sie wahrscheinlich schnell aufgeben um keine Soldaten in den Tod schicken zu müssen. Das wäre das Ende. Also zwei Alternativen, die eigentlich beide nicht akzeptabel waren.

Ein lauter Ruf aus dem Lager lenkte Peter ab. Er ließ Caroline ein Zelt einrichten und ging dann, um dem Aufruhr auf den Grund zu gehen. Es war eigentlich eine erfreuliche Überraschung in dieser trüben Zeit. Die Menge teilte sich und Herzog Andy von Gütersloh schritt durch die Reihen auf Peter zu. Sie schlossen sich in die Arme und setzten sich um ein Feuer. Andy berichtete: „Deine Freundin hat mich wieder gesund gepflegt. Ich brauchte eine Weile, aber als ich mich stark genug fühlte, ritt ich los um Dir zu helfen. Ich will schließlich auch meinen Thron zurück. Ich habe bereits mit General Franz einen Plan aufgestellt, für den Fall das ich hier ein Pattsituation vorfinden sollte, was anscheinend ja auch der Fall zu sein scheint. Es ist doch so, das zuerst einmal Schloss Holte befreit werden muss. Und erst dann müssen wir zusehen, das ich wieder auf den Thron komme, oder? Also sollten wir im Gegenzug versuchen Gütersloh zu erobern um dann einen Tausch vorzuschlagen. Anschließend müssen wir versuchen meinen werten Oheim auszuschalten. Was hältst Du davon?" Peter runzelte die Stirn und versuchte das Gehörte zu verarbeiten bevor er antwortete: „Das hängt davon ab, wie stark die Bewachung der Gütersloher Festung ist. Ich habe keine Lust, die Hälfte meiner Männer in den Tod zu schicken, nur um eure Theorie zu testen." „300 Mann sind in Gütersloh. Das hat General Franz bereits herausgefunden. Er ist bereit es zu wagen. Gebt mir die Hälfte der Männer und wir machen dem Spuk ein Ende." Peter ließ sich langsam in den Sessel sinken und dachte nach. Es war vielleicht die einzige Chance die sie je hatten. Vielleicht sollte es aber auch der größte Flop während ihres Abenteuers sein. Peter hob langsam den Kopf und blickte Andy tief in die Augen, als er seine Entscheidung bekannt gab: „Also gut. Du hast meinen Segen. Beeilt Euch. Ich weiß nicht wie lange wir hier mit halber Mannschaft ein ganzes Heer vorgaukeln können. Ich will alle zwei Stunden einen Bericht haben. Macht es kurz, schmerzlos und gut. Viel Glück, mein Freund." Peter und Andy reichten sich die Hände. Dann erteilte Peter die entsprechenden Befehle. Noch in der gleichen Nacht machte sich die halbe Armee auf den Weg nach Varensell um sich mit den Burgtruppen um General Franz zu vereinen. Dann marschierten sie über die Grenze.

Kapitel 19

Das Heer das Andy und General Franz befehligten war zwar nicht besonders groß, aber dafür waren es die besten Männer die zur Verfügung standen. Es waren etwa 4000 Mann die das Wagnis eingingen Gütersloh zu erobern.

Zwischenbericht Andy von Gütersloh

Ich gönnte den Männern kaum eine Pause. Wir marschierten drei Tage durch, um unser Ziel schnellstmöglich zu erreichen. Es galt hier nicht eine besondere Kriegskunst an den Tag zu legen, sondern wir mussten schnell und mit möglichst geringen Verlusten gewinnen. Wenn wirklich nur 300 Mann in Gütersloh sein sollten, hatte ich eine berechtigte Hoffnung: Das unsere Übermacht sie demoralisierte und der Kampf schnell zu Ende ging. Die meisten Gegner waren reine Befehlsempfänger und sollten nach unserem Sieg wieder unter mir dienen. All das wollte ich vorbringen in meiner Ansprache vor dem Kampf. Das würde auch zeigen, wie meine Gütersloher zu mir standen. Sie mussten einfach einsehen, dass ich sie nie in einen Kampf geführt habe. Ich hoffte das zumindest. Die Stunde der Entscheidung rückte immer näher. Wir waren noch etwa 2 Stunden von Gütersloh entfernt. Ich ließ eine Rast anordnen. Mit etwas Glück hatten die Befehlshaber in Gütersloh noch gar nicht gemerkt das wir kommen. Aber selbst wenn doch, so blieb mir keine andere Wahl. Ich konnte die Männer nicht drei Tage marschieren lassen und sie dann ohne Pause in den Krieg schicken. Dann könnte uns sogar die Minderheit besiegen. Ich traf mich mit General Franz um die letzten Einzelheiten zu besprechen. Aber eigentlich war alles gesagt. Es war auch ganz einfach. Sollte meine Ansprache nichts bringen, würden wir die Burg stürmen. So einfach war das. Keine Belagerung oder Verhandlungen sondern nur zwei Möglichkeiten. Bedingungslose Kapitulation oder Kampf.

Nach 6 Stunden beendete ich die Rast. Es dauerte weitere 20 Minuten bis unsere Armee wieder in Reih und Glied stand. Ein Zeichen für mangelnde Disziplin und fehlenden Kampfgeist. Wer konnte es den Männern verdenken. Die Männer aus Varensell kämpften für ihre weitere Freiheit. Aber die Männer aus Bielefeld sahen den Sinn nicht. Sie konnten nicht begreifen wie die Eroberung von Schloss Holte durch die Gütersloher auch ihre Existenz bedrohte. Die Wirren der Politik zu durchschauen war halt nicht so einfach. Sie befanden sich seit jeher in Feindschaft mit Paderborn, aber es war nie zu einem Kampf gekommen. Dass sich das jetzt ändern könnte, begriffen sie nicht. Dazu kam ein verständliches Misstrauen mir gegenüber. Vor ziemlich genau einem Jahr hatten sie noch alle gegen das gestanden wofür ich stehe. Das herzogliche Adelsgeschlecht derer zu Gütersloh. Das dass mein Vater war und nicht ich, interessierte hier niemanden. Auch General Franz war nicht begeistert davon, dass ich hier das Kommando hatte. Deshalb hatte ich auch beschlossen, sollte es zu einem Kampf kommen, das militärische Kommando vorübergehend an ihn abzutreten. Ihm würden die Männer eher folgen als mir. Diesen und ähnlichen Gedanken hing ich nach, während wir weiter gen Gütersloh marschierten. Ich erwachte erst aus meinen Tagträumen als mich jemand in die Seite boxte. Ich funkelte General Franz böse an, aber dann folgten meine Augen seinem ausgestreckten Zeigefinger und ich sah das, was ich so vermisste. Mein eigenes Schloss, aus dem ich zuletzt geflüchtet war. Das alles war noch gar nicht lange her. Ich wollte es wieder haben, und meinen Oheim in seine Schranken weisen. Ich würde ihn töten müssen. Das wurde mir in dem Moment klar. Der Moment der Entscheidung war jetzt gekommen. Ich suchte die Burg mit Blicken nach Anzeichen von Nervosität und Kampfvorbereitungen ab. Ich fand sie. Auf den Zinnen waren hektische Bewegungen zu beobachten. Die Wachen wurden verstärkt, und die Geschütze geladen. Ich nehme an, dass bereits ein Kurier unterwegs war um den Kommandierenden zu holen. Wer würde es sein. Ich sollte es erfahren.

Ich wählte eine Eskorte von 20 Mann aus und wir ritten zum großen Tor. Kampf oder nicht. Das würde sich jetzt entscheiden. Ich blickte nach oben und rief: „Hier spricht euer rechtmäßiger Herrscher, Herzog Andy von Gütersloh. Ich fordere Euch auf, unverzüglich die Waffen niederzulegen, das Tor zu öffnen und mich und mein Heer einziehen zu lassen." Die Worte verfehlten ihre Wirkung nicht. Einige der Mauerwachen blinzelten mir aufmunternd zu. Einige hoben ihre Daumen als Zeichen der Bewunderung und Dankbarkeit. Auch Sie waren hin und her gerissen zwischen dem Wunsch nach Frieden und der Befehlsgewalt meines Oheims und seiner Getreuen. Plötzlich erschien Major von Samuel auf den Zinnen. Mein ehemals getreuer Mitarbeiter. Wie konnte ich mich nur so in ihm täuschen.

Das Lachen blieb ihm im Halse stecken, als er mich und meine Armee sah. „Herzog Andy, ", sagte er, „der Alptraum meiner schlaflosen Nächte. Ich sehe ihr seid gekommen um Euer Eigentum zurückzufordern. Mir persönlich wäre es sogar noch egal, wem ich diene aber leider habe ich nun mal meinen Schwur auf Euren Oheim geleistet und von daher kann ich Euch nur sagen: Gehet in Frieden und lasst es nicht auf einen Kampf ankommen." „Ihr wisst dass das nicht geht. Also bereitet Euch auf Euer Ende vor." Mit diesen Worten drehte ich mich abrupt um und verließ die Brücke vor dem Tor. Umringt von meiner Eskorte. Ich brauchte keine Angst vor einem Rückenschuss zu haben. Man bewachte mich ausgezeichnet. Ich nickte General Franz zu, und ließ den Kampf beginnen. Jetzt hatte er das Kommando und würde es auch behalten. Aber das ahnte ich zu diesem Zeitpunkt noch nicht.

Immer wieder hörte ich General Franz schreien: „Wer sich ergeben will, legt einfach die Waffen nieder. Wir werden euch verschonen und euch die Chance zum weiterleben geben." Ich fand das eine tolle Geste. Viele meiner ehemaligen Männer machten das auch. Der General ließ Leitern aufstellen und versuchte die Burg zu stürmen. Obwohl viele Gegner aufgaben, schafften wir es zuerst aber nicht. Die Bogenschützen auf den Zinnen fingen alle Männer auf den Leitern ab. Wir mussten zahlreiche Verluste hinnehmen, ehe etwas

Unerwartetes geschah. Die Torwachen liefen zu uns über. Mit einem Mal öffnete sich das Burgtor und wir konnten in die Burg hinein. Die Gegenwehr war zwar noch vorhanden, aber innerhalb weniger Stunden völlig zerschmettert.

Nachdem ich einen Kurier zu Peter geschickt hatte, fing ich eine Bestandsaufnahme an. Zuerst suchte ich nach Major von Samuel. Ich fand ihn im Brunnen. Man hatte ihn aufgespießt und dort hineingeworfen. Ein unwürdiges Ende für einen großen Krieger. Sehr bedauerlich. Ich fand auch General Franz. Er hatte sich im Thronsaal breitgemacht und gab seine Anweisungen. „Ich glaube, dass es Zeit wird das Kommando wieder abzugeben!", sagte ich zu ihm. „Das sehe ich aber anders. Ich habe eine Anweisung von Herzog Peter persönlich. Ich soll das Kommando behalten und die Burg an Euren Oheim übergeben. Er hat Bedenken das Ihr die Burg nicht übergebt, wenn Ihr sie einmal wieder habt. Ich soll Euch aber ausrichten das er nach geglückter Übergabe alles daran setzen wird Euch wieder zu Eurem Thron zu verhelfen. Außerdem soll ich Euch mit der Nachricht des Sieges zu ihm schicken. Damit ihr bei ihm seid, wenn Euer Oheim Schloss Holte verlässt. Also geht und überbringt ihm die Kunde von meinem Sieg hier in Gütersloh." Das war es also. Sein Sieg. Eigentlich hat er ja recht. Ich hatte keinen Anteil am Kampf gehabt. Ich selbst bin mir auch nicht ganz sicher, ob ich das Kommando über die Burg wieder an meinen Oheim abgetreten hätte nur um Schloss Holte zu retten. Hatte ich einen Grund auf Peter wütend zu sein? Hätte ich nicht genauso gehandelt an seiner Stelle. Ich fürchte schon. Was blieb mir also anderes übrig, als mich auf den Weg ins Holter Land zu machen.

Ende Zwischenbericht Andy von Gütersloh

Langsam merkte Andy doch die Erschöpfung in seinen Beinen. Er war seit Tagen nur unterwegs gewesen. Erst der Marsch nach Gütersloh, dann der Kampf und jetzt der Ritt zurück nach Schloss Holte. Er brauchte dringend eine Schlafpause, aber die war im

Moment noch nicht drin. Er musste erst Peter erreichen und die weitere Entwicklung abwarten. Tief in der Nacht sah er endlich die Feuer der Zeltstadt in der Ferne leuchten. Abgekämpft erreichte er Peters Zelt und weckte ihn unsanft durch sein Hereinplatzen. Durch den Kurier hatte Peter zwar bereits von der Eroberung Güterslohs gehört, aber erst durch Andys Ankunft wurde der Weg für weitere Verhandlungen frei gemacht. Früh am nächsten Morgen erschien Peter vorm Holter Tor und rief nach Graf Ernst. Als er erschien, begann er seinen Monolog: „Graf Ernst von Gütersloh. Hört meine Nachricht. Wie Ihr wahrscheinlich bereits gemerkt habt, haben sich meine Truppen vor einigen Tagen geteilt. Der Grund dafür ist einfach. Ich saß in einer Zwickmühle, wie ich zugeben muss. Wenn ich Euch aushungert hätte, wären meine Freunde gestorben. Hätte ich Euch gewähren lassen, hätte ich Paderborn das Tor nach Bielefeld geöffnet. Zwei Alternativen die inakzeptabel waren. Daher habe ich die Hälfte meiner Männer nach Gütersloh geschickt. Ihr wisst selbst welche Stärke Eure Mannschaft auf der Burg hatte. Also könnt Ihr Euch ausrechnen, das Gütersloh jetzt in unserer Hand ist. Der Anblick von Andy hat auch viele von Euren Männern dazu gebracht überzulaufen. Wir haben also auf der ganzen Linie gewonnen. Ich erhielt heute morgen ein Paket von General Franz, der jetzt in Gütersloh die Stellung hält. Ich werde es gleich vor das Tor stellen, dann könnt Ihr es Euch ansehen. Es ist der Kopf von Major von Samuel. Das sollte als Beweis genügen. Mein Angebot: Ich gebe Euch 24 Stunden Zeit mit Euren Männern die Burg zu räumen und nach Gütersloh zurückzukehren. Ich gebe Euch mein Wort, das wir Gütersloh dann auch bedingungslos und unverzüglich räumen werden. Ich will Gütersloh nicht haben. Es ist für mich nur Mittel zum Zweck. Aber eine Bedingung stelle ich. Ich will die sofortige Freilassung der Gefangenen. Organisiert was ihr zu organisieren habt und dann verschwindet."

Graf Ernst sah sehr betrübt aus als er antwortete: „Ihr habt gewonnen. Ich bin nicht bereit meine Heimat für ein Bündnis mit Paderborn zu opfern. Die Gefangenen werden gleich rauskommen. In

24 Stunden sind wir hier weg." Er verließ die Zinnen und veranlasste alles Nötige. Bereits nach wenigen Minuten öffnete sich das Tor und Henry kam heraus. Das Tor blieb offen. Er ging auf Peter zu, schloss ihn in den Arm und sagte: „Christoph bleibt drin um den Abzug der feindlichen Truppen mit seinen Männern zu überwachen. Er ist frei und es geht ihm gut. Du hast es geschafft mein Freund." „Ja aber zu welchem Preis. Bei der Eroberung von Gütersloh haben wir über 300 Mann verloren. Das kann so nicht weitergehen. Wir müssen Graf Ernst ausschalten. Aber darum werde ich mich kümmern. Jetzt bringen wir erst einmal die Armee nach Hause. Die Männer haben genug gekämpft. Wird Zeit das sie sich wieder ihrer normalen Arbeit widmen. Schnapp dir die Bielefelder und bring sie nach Hause."

Die Gütersloher Truppen sammelten sich waffenlos auf einer Wiese vor dem Schloss und machten sich abmarschbereit. Am Abend brachen sie auf. Nach zwei Tagen hatten sie Gütersloh erreicht und General Franz räumte bereitwillig das Feld und marschierte mit seinen Männern zurück nach Varensell. Peter blieb noch einen Tag länger bei Christoph und machte sich mit seiner restlichen Armee auch auf den Weg zurück. In Varensell angekommen löste sich die Armee nach und nach in ihre Bestandteile auf. Jeder Soldat der an seinem Haus vorbeikam blieb da. Zwei Kriege gegen Gütersloh in einem Jahr war für alle zuviel. Es konnte so nicht weitergehen. Als sie die Burg erreichten waren nur noch die Berufssoldaten an Peters Seite. Er schloss Jennifer und Bernd in die Arme. Wie eine Familie schliefen sie zu dritt in einem Bett und Peter war wieder fast zufrieden. Nur eines ließ ihm keine Ruhe. Wie konnte er dauerhaften Frieden schaffen in seinem kleinen Reich?

Kapitel 20

Der Raureif glänzte auf den Blättern des herbstlichen Waldes. Am Rande des Parks stand ein Rehkitz. Es blinzelte der aufgehenden Sonne entgegen. Hinter den Bäumen versteckt standen seine Eltern und gaben undefinierbare Töne von sich, die das Kitz anscheinend aufforderten mit zu kommen. Was es denn auch tat. Der Mann der diese Szene vom Fenster aus verfolgt hatte, ließ seinen Blick jetzt über den Rest des Varenseller Parks wandern. Er sog die frische Herbstluft in seine Lungen und blies sie mit einem lauten Stöhnen wieder heraus. Hätte jemand dieses Bild beobachtet, hätte sich diese Person nicht träumen lassen welche Probleme diesen Mann plagten. Es war Herzog Andy von Gütersloh am Fenster seines Zimmers im Varenseller Schloss. Der gestürzte Herrscher des benachbarten Reiches träumte davon, endlich wieder auf seinem Thron zu sitzen und sein Reich in den Frieden zu führen. Er ließ das Geschehene noch einmal Revue passieren. Vor zwei Wochen hatte sein Onkel die Macht in Gütersloh erneut übernommen. Andy hatte Peter immer wieder gedrängt, sofort ein Kommandounternehmen loszuschicken um Graf Ernst von Gütersloh ermorden zu lassen. Aber der wollte nichts davon wissen. Er meinte, dass sich seine Männer erst einmal 14 Tage erholen sollten bevor er etwas unternehmen konnte. Diese Frist war jetzt verstrichen. Es war an der Zeit, jetzt etwas zu unternehmen. Am Nachmittag trafen sich Peter und Andy zu einer Besprechung. General Franz war auch anwesend und noch zehn weitere Männer, die Andy allerdings nicht kannte. „Liebe Freunde. Ich habe Euch hier zusammengerufen, weil ihr die besten Krieger seid, die man hier finden kann. Wir haben im letzten Jahr zwei Schlachten mit Gütersloh hinter uns gebracht. Aber der Krieg ist noch nicht vorbei. Er wird erst dann beendet sein, wenn Graf Ernst ausgeschaltet ist und Andy wieder auf dem Thron sitzt. Dafür brauche ich Euch alle. Unter meinem Kommando werden wir nach Gütersloh vorstoßen und ins Schloss eindringen. Wir werden Graf Ernst entweder zur Abdankung zwingen oder ihn töten. Er hat sich sein Amt widerrechtlich angeeignet. Daraus ziehen wir unsere Berechtigung für diese Aktion. Wir brechen heute Abend um 22.00 Uhr auf. Andy kennt einen Geheimgang, der uns auf Umwegen direkt bis an den Thronsaal heranbringt. Den werden wir benutzen. Noch Fragen? Nicht? Also dann. Bringt eure Ausrüstungen auf Vordermann und seid um 22.00 Uhr unten im Hof. Das wäre alles. Danke." Damit hatte Peter alles gesagt, was gesagt werden musste. Die Männer verließen den Raum. Nur Peter und Andy blieben übrig. „Glaubst Du dass es gelingen wird?", fragte Andy seinen Freund. Der erwiderte: „Wenn ich das nicht glauben würde, würde ich nicht das Leben meiner Männer aufs Spiel setzen. Ruh Dich aus. Das wird eine lange und interessante Nacht."

Jennifer saß in der Küche vorm Kaminfeuer und sah nachdenklich in die Flammen, als Peter leise den Raum betrat und ihr vorsichtig von hinten die Hände auf die Schultern legte. Er begann mit langsamen kreisenden Bewegungen ihren Nacken zu massieren. Sie stöhnte leise, als er eine ihrer Verspannungen getroffen hatte. „Tja, mein Schatz, ich hoffe das ich heute Nacht den vorerst letzten Kampf austragen muss. Ich bin langsam am Ende meiner Kraft. Ich will endlich wieder Frieden in meinem Reich. Außerdem hatte ich heute morgen ein langes Gespräch mir Sir Achim von Avenwedde. Um die Finanzen ist es nach den zwei Schlachten nicht sonderlich gut bestellt. Die Menschen hier müssen dringend wieder ihrer Arbeit nachgehen und Steuern zahlen. Es kann so nicht weitergehen. Wir werden dem Spuk heute Nacht ein Ende bereiten. Danach werde ich alles für eine große Hochzeit vorbereiten. Unsere. Was hältst Du davon?", fragte Peter seine Angebetete. „Viel!", antwortete Jennifer, „Damit wird ein Traum für mich wahr. Ich will nicht mehr um Dich bangen müssen. Beende den Krieg und mach mich glücklich." Peter beugte sich zu ihr herunter und küsste sie lang und leidenschaftlich. Er wäre gerne noch mit ihr intim geworden, aber leider drängte die Zeit.

Um 22.00 trafen sich die Soldaten im Innenhof. Die Pferde waren gesattelt, und die Soldaten bereit. Unter Peters Führung verließen sie

Varensell und drangen durch ein dichtes Waldgebiet in den Gütersloher Raum ein. Sie ritten die ganze Nacht hindurch und versteckten sich am Tag in den dichten Wäldern und erholten sich. In der nächsten Nacht wurde es ernst. Sie waren nur 2 Kilometer vom Schloss in Gütersloh entfernt. Um nicht mehr Aufmerksamkeit als nötig zu erregen, beschlossen sie zu Fuß zu gehen und sich leise anzuschleichen. Andy ging vor. Als Einheimischer kannte er sich hier am besten aus. Kurz vorm Schloss trafen sie auf eine 2-Mann Patrouille. Sie versteckten sich in den Büschen. Peter ließ zwei seiner Männer vortreten und sie schossen die Patrouille mit ihren Pfeilen kampfunfähig. Sie fesselten und knebelten sie und versteckten sie in den Büschen. Sie schlichen weiter. Nach einer knappen Stunde hatten sie die Distanz überwunden. Sie standen an einer kleinen Kapelle in unmittelbarer Nähe vom Schloss. Andy öffnete die Tür und ging zum Altar. Er löste eine versteckte Entriegelung und der Altar glitt zur Seite. Es erschien ein schwarzes Loch. Man konnte die ersten Stufen einer Treppe sehen, die in die Tiefe führte. Sie zündeten ihre mitgebrachten Fackeln an und begannen mit dem Abstieg.

Zwischenbericht Peter Pollmeier

Ich wurde sofort wieder an meine Ankunft in diesem Jahrhundert erinnert. Damals auf dem Ummelner Friedhof hatten wir einen ähnlichen Gang. Der endete damals im Brunnen der Sparrenburg. Allerdings in einem anderen Jahrhundert. Diesmal waren wir allerdings nicht lange unterwegs. Bereits nach etwa 200 Metern kamen wir bereits an die nächste Treppe und stiegen leise die Wendeltreppe hinauf. Andy bedeutete uns leise zu sein. Durch einen Spalt in der Wand konnten wir Graf Ernst in seinem Thronsaal sehen. Soweit wir es sehen konnten, waren sie nur zu zweit. Die Gelegenheit auf die wir gewartet hatten. Wir machten uns bereit. Die Schwerter waren gezückt und wir alle bereit für den letzten Kampf. Wir rissen die geheime Tür auf und stürmten den Raum. Es dauerte aber nur Sekunden bis wir bemerkten, dass es ein Fehler war. Überall dort wo wir es nicht sehen konnten waren Wachen postiert. Etwa 20 an der Zahl. Sie hatten uns sofort eingekesselt. Ich hatte keine andere Wahl als die Waffen senken zu lassen. Der Graf hatte anscheinend irgendwie von unserem geplanten Angriff erfahren. Zu meiner Überraschung legte nur Andy seine Waffen nicht nieder. Im Gegenteil. Er wechselte die Seiten und klopfte seinem Oheim gönnerhaft auf die Schulter. Ich begriff! Es war alles geplant gewesen. Ich war ihm in die Falle gegangen. Als könnte er Gedanken lesen, begann Andy auch mit einer Erklärung: „Bin ich gut oder bin ich gut? Ich muss zur Ehrenrettung gestehen, dass ich am Anfang voll und ganz hinter unserem Bündnisvertrag gestanden habe. Aber dann machte mir der Paderborner Kurfürst ein Angebot das ich nicht ausschlagen konnte. Er wollte Bielefeld erobern und ein riesiges Königreich gründen. Mit mir als Vizekönig. Da habe ich diesen Plan ausgeheckt. Ich tat so als wäre ich gestürzt worden. Auch mein Volk glaubt das bis heute. Ich habe mich sogar selbst verletzten und jagen lassen nur um glaubwürdig zu sein. Ihr habt genauso gehandelt wie ich es erwartet habe. Auch eure Eroberung Güterslohs war so von mir geplant. Ihr habt 300 Tote zu beklagen. Nur für mich. Wirklich toll. Und jetzt, mein lieber Peter, habe ich dich da wo ich dich haben wollte. Die Geschichte wird toll werden. Wir haben meinen Onkel besiegen können aber leider wurdet ihr alle dabei getötet. Mein Onkel kriegt einen Schauprozess und setzt sich irgendwo zur Ruhe. Und ich als Bündnistreuer Freund werde mir Deine Ländereien unter den Nagel reißen und ein Großherzogtum bekommen. Deine Freunde werden mein wahres Gesicht erst sehen wenn Paderborn einmarschiert und ich sie unterstützen werde. Außerdem werde ich Bernd als meinen Sohn adoptieren und Jennifer heiraten. So. Das war es eigentlich schon. Ich wollte wenigstens dass Du weißt warum Du jetzt sterben musst. Hasst Du noch irgendetwas zu sagen?", fragte er mich. In den ersten Minuten war ich eigentlich nur enttäuscht. Aber das legte sich verdammt schnell wieder. Ich sah in die Gesichter meiner Kameraden. Ich las Entschlossenheit in ihnen aber keine Verdrossenheit. Ich hob meine Armbrust blitzschnell und schoss einen Pfeil in Andys Brust während ich zum Angriff aufrief. Die Gütersloher waren total überrascht. Wir stellten uns der Übermacht. In der ersten Angriffswelle rissen wir 10 Mann in den Tod, bevor einer meiner Männer das Leben ließ. Jetzt war aber schon fast ein gleiches Kräfteverhältnis hergestellt. Als ich das bemerkte, wusste ich dass wir auch diesen Kampf gewinnen würden. Wir streckten die normalen Soldaten binnen Minuten nieder. Es hatte sich bewährt, dass ich nur Spezialisten mitgenommen hatte. Zum Schluss kämpften nur noch General Franz und Graf Ernst. Der alte Mann zeigte sich als hervorragender Schwertkämpfer. Ich griff nicht ein. Ich wusste, welche Wut sich in meinem General angestaut hatte. Er sollte den Mann der den Tod hunderter meiner Männer auf dem Gewissen hatte ruhig selbst niederstrecken. Zumal ich selbst diesen Kampf verlieren würde. Selbstüberschätzung ist das letzte was wir jetzt brauchen konnten. Nach einigen Minuten ließen die Kräfte des alten Grafen nach und er verlor den Kampf. Ich griff erst ein, als General Franz sich nicht damit begnügte ihn zu töten, sondern in seiner Wut anfing ihm nach und nach alle Gliedmaßen abzutrennen.

Zwei meiner Bogenschützen mussten ihr Leben lassen. Allerdings lebte Andy noch schwer verletzt. „Hilfe", wimmerte er. Ich stellte mich neben ihn und sagte: „Für Deinen Verrat an Deinen Verbündeten und für Deine Schuld am Tod hunderter tapferer Soldaten verurteile ich Dich zum Tode." Ich hob meine Armbrust. Lud sie vor seinen Augen und richtete ihn durch einen Kopfschuss hin. Damit war sein Traum von einem Großherzogtum Gütersloh ausgeträumt. Aber es hatte mir eines gezeigt. Ich wusste jetzt wie ich die Gefahr aus Gütersloh für immer beseitigen konnte. Ich schickte einen Mann los, der einen Notar holen und danach 200 Mann aus Varensell hierher bringen sollte. Vier Tage später war alles erledigt. Ich hatte die Burg von meinen Männern besetzten lassen und der Notar hatte die Aussage meiner Männer aufgenommen um die Machenschaften von Andy aufzudecken. Dann ließ ich alle Würdenträger von Gütersloh und einige Zeugen aus meinem Reich im Thronsaal versammeln. Ich erhob mich und sagte: „Verehrte

Anwesende. Sie alle sind inzwischen über die Machenschaften der Gütersloher Herzöge informiert worden. Daher werden Sie verstehen, dass ich keinen neuen Herrscher aus dem Gütersloher Adelsgeschlecht akzeptieren kann. Deshalb werden diese Ländereien meinem Herzogtum zugeordnet. In Zukunft wird daraus das Großherzogtum Varensell mit mir als Großherzog. Die Anerkennung liegt bereits aus Schloss Holte, Bielefeld, Detmold und sogar aus Paderborn vor. Damit scheint der Frieden wieder hergestellt zu sein. Wenn Sie sich damit abfinden können werden Sie ein gutes Leben führen. Aber ich werde alle Querulanten die sich dem Gütersloher Adelshaus verpflichtet fühlen rigoros verfolgen lassen. Ich habe auch meinen Finanzchef, Sir Achim von Avenwedde hierher gebeten. Ihn ernenne ich hiermit zum Grafen von Gütersloh. Er soll in meinem Namen hier die Verwaltung leiten. Ich hoffe, dass wir gut zusammen leben werden. Vielen Dank." Damit beendete ich meine Ansprache. Ich hatte eigentlich mit langen Gesichtern gerechnet, aber ich hatte mich geirrt. Abgesehen von einigen Ausnahmen applaudierten alle Anwesenden. Das gab mir Auftrieb für die Zukunft.

Ende Zwischenbericht Peter Pollmeier

Peter hatte noch einige Dinge zu erledigen. Aber 2 Tage nach seiner Ansprache war er endlich bereit für die Rückreise. Er verabschiedete sich von Graf Achim und ritt mit seinen Männern zurück nach Varensell. Dort empfing man ihn unter großem Jubel. Man feierte den siegreichen Großherzog. Auch Peter und Henry waren gekommen. Jennifer hatte einen großen Ball organisiert. Jetzt hatte er wieder Zeit und Muße für die schönen Dinge des Lebens. Sie tanzten und feierten ihren Sieg bis spät in die Nacht. Nachts um eins kam dann noch ein Höhepunkt des Abends. Peter gab die Verlobung mit Jennifer bekannt.

Kapitel 21

Die Hochzeitsvorbereitungen und die Regierungsgeschäfte ließen Peters Tage wie im Flug vergehen. Er war viel in seinen neuen Ländereien in Gütersloh unterwegs, denn er wollte Land und Leute kennen lernen. Um den Leuten etwas bieten zu können, hatte er auch beschlossen in einer kleinen Kirche direkt an der ehemaligen Grenze zu heiraten. So fühlte sich keine der beiden Bevölkerungsgruppen benachteiligt. Er wollte allerdings bis zur Hochzeit noch ein wenig warten. Die Wintermonate waren keine gute Zeit um zu heiraten. Peter wollte blühende Pflanzen, singende Vögel und eine Feier im Park. Deshalb hatten er und Jennifer den Hochzeitstermin auf den 15.08.1631 gelegt. Den Jahrestag der Ankunft in der Vergangenheit. In der Zwischenzeit konnte sich die vom Krieg gebeutelte Bevölkerung erholen und wieder ihre normale Tätigkeit aufnehmen. Seit der Ausrufung des Großherzogtums Varensell herrschte Frieden in den Grenzen von Ostwestfalen. Selbst der Kurfürst von Paderborn hatte seine Bemühungen eingestellt, Bielefeld zu erobern. Die Erfahrungen aus der Vergangenheit hatten ihm anscheinend bewiesen, das Varensell, das Holter Land und Bielefeld zusammen hielten wie Pech und Schwefel. Peter, Christoph und Henry trafen sich regelmäßig einmal im Monat um über gemeinsame Aktivitäten zu beraten. Abends begannen sie regelmäßig in Erinnerungen zu schwelgen. Besonders Christoph schien seine Vergangenheit zu vermissen, denn eines Abends sagte er: „Ist Euch eigentlich klar, das man uns inzwischen für tot erklärt hat. Wir sind seit Jahren verschwunden. Keiner weiß wo wir sind. Ich vermisse meine Familie und auch meine anderen Freunde. Ihr zwei seid ja wenigstens hier und ich bin mit der besten Frau verheiratet, die man sich wünschen kann. Trotzdem fehlt mir was im Leben. Ich frage mich schon länger, ob es nicht vielleicht eine Möglichkeit gibt, wie wir auch unsere Familien hierher holen können. Immerhin können wir ihnen hier ein Leben am Hofe bieten. Zumindest wüssten sie dann, dass es uns gut geht. Was meint ihr?" Christoph sah in die Runde und sah in lauter ratlose Gesichter. Henry brach als erster das minutenlange Schweigen: „Der einzige der uns vielleicht weiterhelfen könnte ist Merlin. Ihr wisst schließlich, dass es der Bergzauberer war, der mich damals in die Zukunft geschickt hat. Ich glaube nicht das Merlin das auch kann. Aber wir können ja einmal mit ihm sprechen." Gesagt, getan. Die drei Freunde erklommen die vielen Stufen in den Nordturm um sich mit Merlin zu treffen.

Merlins Alter zu schätzen, war nicht leicht. Peter machte sich diese Gedanken während des Gespräches. Er hatte einen langen grauen Bart und tiefe Ränder unter den zu Schlitzen zusammen gepressten Augen. Peter schätzte Merlin auf mindestens 65 Jahre alt, aber die Kraft seiner Bewegungen und die Kraft seines Geistes sprachen eine andere Sprache. Er gab ihnen immerhin ein wenig Hoffnung, als er sagte: „Ich kenne den Zauber zwar nicht, aber ich werde versuchen mich schlau zu machen. Das kann allerdings dauern. Ich habe von einem Kollegen gehört, der es zumindest vermag jemanden aus der Zukunft wieder zurückzuholen. Das wäre ja schon mal ein Anfang. Ich werde auch den Bergzauberer mal kontaktieren. Er weiß schließlich wie es geht. Aber viel verspreche ich mir nicht davon. Ich melde mich, sowie ich etwas herausgefunden habe." Damit schloss er seine Ausführungen und bat die drei Ratsuchenden wieder hinaus um sich wieder seiner Arbeit widmen zu können. Eigentlich waren sie jetzt genauso schlau wie vorher, aber zumindest gab es einen Hoffnungsschimmer.

Das war ziemlich genau 3 Monate vor der Hochzeit von Peter und Jennifer.

Zwischenbericht Peter Pollmeier

Es war eine gute Entscheidung den Sommer abzuwarten und nicht überstürzt im Winter zu heiraten. Jenny und ich verbrachten eine wundervolle Zeit zusammen. Bernd hatte sie inzwischen als Mutter akzeptiert. Dafür war es vielleicht ganz gut, dass er seine richtige

Mutter eigentlich gar nicht kannte. Irgendwann würde ich ihm die Wahrheit sagen müssen, aber das hatte Zeit.

Eine Woche war ich jetzt noch offizieller Single. Dann würde das Band zwischen Jenny und mir gefestigt werden. Gestern hatte ich mich mit dem örtlichen Pfarrer Josef Külpmann getroffen, und alles weitere besprochen. Die Hochzeit war also soweit fertig geplant. Im Park wurden alle Vorbereitungen für ein riesiges Fest getroffen. Ich freute mich bereits riesig auf diese Hochzeit. Es war an der Zeit, allen Freunden und Bekannten mal wieder ein richtiges Fest zu bieten. Ich verbrachte die letzten Tage in freudiger Erwartung. Die Zeit wurde mir lang, denn Jenny hatte mich gebeten sie das Fest ausrichten zu lassen. Ich hatte keine Ahnung was mich erwarten würde. Oft musste ich an meine Vergangenheit denken, die in der Zukunft lag. Ich dachte an Merlin und an sein Versprechen sich nach Alternativen zu erkundigen, wie wir wieder heimkehren konnten. In einer Woche sollte mein großer Tag sein, und viele die dabei sein müssten, fehlten. Besonders natürlich meine Familie. Aber auch meine anderen Freunde.

Ich ging zum Fenster und sah dem hektischen Treiben zu. Die Warterei zerrte an meinen Nerven. Ich beschloss, meinen neuen Ländereien und damit auch Graf Achim von Avenwedde einen Besuch abzustatten. Ich ging zu Jenny, und teilte ihr meinen Entschluss mit. Zum Glück hatte sie nichts einzuwenden. Ich packte nur ein kleines Bündel und lud es auf mein Pferd. Ich wollte auf eine Kutsche verzichten und allein reiten. Hin und wieder lohnt es sich, sich mal inkognito unters Volk zu mischen. Ich zog alte Klamotten an und warf mich in den Sattel. Gemütlich ritt ich durch die Gegend und beobachtete die Bauern bei ihrer Arbeit. Langsam legte sich die Nacht über meine Ländereien. Ich beschloss, mir kein Zimmer zu suchen sondern unterm Sternenzelt einzuschlafen. Während ich am Feuer saß, fielen mir meine regelmäßigen Besuche in der Hütte meines Onkels ein. Er hatte in der Zukunft einen kleinen Steinbruch mit einer dazugehörigen winzigen Hütte gepachtet. Er hatte sie renoviert und zumindest mit Gaslicht und einem Gasherd ausgestattet. Strom oder fließend Wasser gab es nicht. Auch mit den hygienischen Möglichkeiten stand es nicht zum Besten. Aber für ein Wochenende war es immer wieder toll. Ich erinnerte mich an einen besonderen Besuch. Ich öffnete die Tür und ließ die Taschenlampe durch den kleinen Raum kreisen. Aus dem Dunkel blickten mich zwei leuchtende Augen an. Es war eine riesige Eule die aus Versehen durch den Kamin in die Hütte gestürzt war. Eulen können ganz schön aggressiv werden wenn man sie reizt. Deshalb war ich auch sehr vorsichtig. Als ich sie endlich verscheucht hatte suchte sie sich einen neuen dunklen Platz: Meinen Kofferraum.

Ich musste lächeln als mir diese Anekdote einfiel. Christoph war damals nachgekommen und wir hatten ewig lang nur vor dem Kamin gesessen und uns unterhalten. Damals war das die pure Entspannung. Heute war es normal. Ich übernachtete allein im Freien. Um mich herum die Geräusche und Gerüche der Tiere des Waldes. Und ich hatte keine Angst oder wenigstens ein mulmiges Gefühl in der Magengegend. Ich fühlte mich langsam sogar wohl in dieser Umgebung. Das hätte ich mir noch vor zwei Jahren nicht träumen lassen. Ich merkte doch sehr stark, wie sehr ich mich verändert hatte.

Am nächsten Morgen ritt ich in die Gütersloher Burg ein. Ein stattliches Schloss. Erbaut um einem Herzog zu dienen, wurde es jetzt von meinem Statthalter Graf Achim von Avenwedde bewohnt. Außerdem diente es mir selbst mit einem Teil der Zimmer als Zwischenresidenz für mich und meine Familie. Hin und wieder sollte man überall mal Präsenz zeigen. Graf Achim empfing mich mit allen Ehren und ließ alle Bediensteten der Reihe nach antreten. Dieser Aufruhr war mir eigentlich gar nicht recht. Ich wollte eigentlich nicht soviel Aufmerksamkeit erregen. Jetzt ließ es sich leider nicht mehr verhindern. Ich fing wie ein Besessener an zu arbeiten. Ich studierte und kontrollierte die Bücher und ließ mir Entwürfe für ein neues Bewässerungssystem vorführen. So ging denn die Zeit dahin. So wurde die Zeit nicht so lang und ehe ich mich versah, war es bereits der 14. August. Ein Tag vor meiner Hochzeit. Graf Achim ließ auch sein Pferd satteln, denn er wollte natürlich bei meiner Hochzeit dabei sein. Gemeinsam, aber ohne Eskorte, ritten wir zurück nach Varensell.

Ende Zwischenbericht Peter Pollmeier

Der Park hatte sich verändert. Das stellte Peter sofort fest, als er in ihn hineinritt. Die Blumenkästen waren verdoppelt worden und in die Brunnen hatte man viele bunte Fische ausgesetzt. Kein noch so toller Sommer hätte das allein so schaffen können. Hier waren die besten Landschaftsgärtner am Werk gewesen. In der Mitte des Parks war eine riesige Bühne aufgebaut worden. Jenny hatte es erfolgreich geschafft sich Peters Willen zu widersetzen. Er wollte in der Grenzkirche heiraten und auch dort in der Nähe feiern. Aber der Argumentation, das der Park dafür einfach wie geschaffen war, hatte er nichts entgegen zu setzen. Die Hochzeit in der Grenzkirche und die Feier im Park. Die ehemalige Grenze war nur wenige Kilometer von Varensell entfernt. Selbst zu Fuß brauchte man nur eine knappe Stunde. So war diese Alternative vertretbar. Als Peter seine Wohnräume betrat, sah er seine Freunde Henry und Christoph an einem Tisch sitzen. Anscheinend fingen sie gerade an auf Peters Wohl zu trinken. „Natürlich!", dachte Peter, „Mein Junggesellenabschied." So war es dann auch. Die drei Freunde ließen zusammen mit Graf Achim die Puppen tanzen und betranken sich bis zur Besinnungslosigkeit.

Mit einem Brummschädel aber überglücklich stand Peter am Altar der Grenzkirche und wartete auf seine Braut. Als sich die Tür öffnete schien es ihm, als käme ein Engel den Gang herunter. Am Arm ihres Vaters schritt Jenny auf ihren Bräutigam zu. Sie trug ein kurz geschnittenes weißes Kleid und hatte eine sieben Meter lange Schleppe, die von zwei kleinen Mädchen getragen wurde. Als sie neben ihm ankam, sah er ihr einfach nur tief in die Augen. Sie war einfach wunderschön. Der Priester begann die Zeremonie. Alles nahm seinen gewohnten Gang. Keiner der Brautleute sagte „Nein" und auch niemand hatte etwas gegen diese Beziehung einzuwenden.

Christoph und Caroline waren Trauzeugen und machten ihre Sache auch sehr gut. Sie waren auch die ersten Gratulanten.

Nach der Zeremonie machte sich eine riesige Kutschenkolonne auf den Weg nach Varensell, zu einer Feier die seinesgleichen suchen würde. All das war zwar schön, aber es schien Peter nicht sonderlich zu interessieren. Er fieberte danach, endlich mal wieder mit Jenny allein zu sein. Irgendwann waren auch die letzten Gäste gegangen. Endlich waren sie allein und dazu noch verheiratet. Sie wurden zwar nicht das erste Mal miteinander intim, aber es wurde etwas Besonderes. Eine nicht enden wollende Nacht mit Nachwirkungen.

Kapitel 22

Zwischenbericht Jennifer Pollmeier

Das Leben das ich führte, war überhaupt nicht mehr mit dem zu vergleichen, das ich vor meiner Hochzeit mit Peter gelebt hatte. Das kleine Bauernmädchen in mir war inzwischen erwachsen geworden. Die Jahre seit unserer Hochzeit waren wie im Flug vergangen. Etwa 9 Monate nach unserer Hochzeit kamen unsere Zwillinge zur Welt. Zwei wunderschöne Mädchen. Lena und Sophie. Sie waren inzwischen fast acht Jahre alt. Peter hatte gelernt wie ein Reich zu regieren ist und tat es würdevoll und friedlich. Seit der Ausrufung des Großherzogtums im Jahr 1630 hatte es keine kriegerischen Handlungen mehr gegeben. Auf Christophs Initiative hin, wurde endlich auch ein Friedensvertrag zwischen Paderborn und Bielefeld ausgehandelt. Mit einem Wort: Frieden auf Erden. Mein Göttergatte fand das zwar schön, aber in letzter Zeit wurde er sehr schwermütig. Das sollte sich aber schlagartig an seinem 30ten Geburtstag ändern. König Henry hatte alle zu einer großen Feier eingeladen. Der Anlass war Peters 30ter Geburtstag. Das war sein Geburtstagsgeschenk. Es war eine tolle Feier die er da auf die Beine gestellt hatte. Aber das schönste Geschenk kam von Merlin. Er nahm die drei Freunde beiseite und bat sie in einen Nebenraum. Ich war nicht dabei, und kann daher nur Peters Erzählung wiedergeben. Es ging wohl darum, dass Merlin anscheinend einen Weg gefunden hat, um meinen Mann und seine Freunde zurück in die Zukunft zu schicken. Einen Bittgang müssten sie dann allerdings auf sich nehmen. Sie müssten den Bergzauberer bitten sie in die Zukunft zu schicken. Zurückholen kann Merlin sie dann. Dafür müssen sie zu einer bestimmten Zeit an einem bestimmten Ort sein. Ein Ort, den es damals wie heute geben muss. Beispielsweise die Sparrenburg. Nach dem Gespräch kamen sie zu uns, um uns ihre Entscheidung mitzuteilen. Henry wollte nicht mit. Er meinte, er hätte hier alles was er bräuchte. Aber Christoph und Peter wollten das Wagnis eingehen. Der Wunsch, ihre Familien wieder zu sehen war übermächtig in ihnen. Caro und ich, als ihre Frauen, konnten ihnen nur viel Glück wünschen. Aufhalten konnten wir sie nicht. Sie hatten sich selbst noch vier Wochen Zeit gegeben um alles zu regeln. Caro und ich übernahmen ihre Vertretung in den Regierungsgeschäften.

Nach vier Wochen trafen sie sich wieder in Bielefeld. Henry nahm seine Freunde noch einmal in den Arm als er sagte: „Solltet ihr meine Eltern sehen, dann gebt ihnen diesen Brief. Darin bitte ich sie, mit Euch zu kommen. Vielleicht könnt ihr sie überreden." Er gab den Brief an Christoph weiter.

Dann verabschiedeten wir uns von unseren Männern. Die Tränen flossen in Strömen und die Kinder konnten nicht begreifen, warum ihre Väter sie verlassen wollten. Dann brachen sie auf, hoch zu Pferd, in ihr vielleicht größtes Abenteuer. Ich wusste nicht, ob ich sie je wiedersehen würde.

Ende Zwischenbericht Jennifer Pollmeier

Sie hatten erst noch überlegt, eine Nacht in Bielefeld zu verbringen, aber die Abenteuerlust trieb sie weiter. Auf der langen Reise überlegten sie immer wieder, ob sie alles dabei hatten was sie brauchten. Eigentlich war das gar nicht viel. Sie brauchten nur alles mitzunehmen, was sie in die Vergangenheit mitgebracht hatten. Also moderne Kleider und modernes Geld. Ansonsten brauchten sie nur sich selbst.

Viel wichtiger war eigentlich ihre Vorgehensweise. Henry stand inzwischen wieder mit Katharina und ihrem Vater in Briefkontakt. Daher wusste der Bergzauberer bereits von seinem nahenden Besuch. Sie ritten über Lippstadt und Rüthen nach Winterberg. Zwischendurch machten sie einen kleinen Abstecher nach Siedlinghausen, wo Peters Großeltern einmal wohnen sollten. Aber außer ein paar Kühen fanden sie nichts vor.

Neun lange Tage dauerte ihr Ritt bis in die tiefsten Berge des Sauerlandes. Gegen Mittag des neunten Tages erreichten sie endlich den Gipfel des Kahlen Asten. Ob der höchste Berg im Sauerland auch schon zu der Zeit diesen Namen trug, wusste keiner von beiden. Aber der Einfachheit halber benutzten sie den Namen einfach weiter wie sie ihn kannten.

Dort stand sie: Die Hütte des Zauberers. Er wohnte inzwischen bei seiner Tochter und ihrem Mann und empfing sie freundschaftlich. Sie ließen sich zum Essen an einem langen Tisch nieder und ließen sich gut bewirten. „Meine Tochter hat mich inzwischen davon überzeugen können, dass euer Freund Henry nichts Unrechtes getan hat. Ich bereue es inzwischen zutiefst, dass ich ihn in die Zukunft geschickt habe. Umso mehr freue ich mich, dass ich einen Teil meiner Schuld an Euch wieder gut machen kann. Ich werde Euch gleich morgen zurück in die Zukunft schicken.", eröffnete der Bergzauberer das Gespräch. Peter griff den Faden gleich auf: „Es freut uns sehr das zu hören. Aber einige Fragen habe ich dann doch noch. Wie viel Zeit wird vergangen sein, wenn wir wieder da sind. Und wo wird das sein?"

„Die Frage ist berechtigt. Im Gegensatz zu Henry werdet ihr selbstverständlich nicht wiedergeboren werden. Ihr kommt so wie ihr seid zurück. Genauso alt und genauso befreundet wie heute. Ihr werdet auch zusammen bleiben. Der Ort wird sich nicht verändern. Auf diesem Berggipfel werdet Ihr euch wiederfinden wenn der Zauber endet. Eine andere Geschichte ist die Zeit. Wie bei Peter wird auch bei Euch ein Monat für jedes Jahr vergehen. Also, für jedes Jahr das ihr hier gewesen seid, ist in der Zukunft ein Monat vergangen. Eure Freunde und Verwandten werden sich also nicht sonderlich verändert haben. Nur ihr selbst seid zehn Jahre älter geworden. Ich selbst werde mich jetzt ausruhen und genug Kraft sammeln für Euren Sprung. Morgen Abend wird es soweit sein."

Die kleine Gruppe löste sich schnell auf. Peter und Christoph ließen sich draußen im Gras nieder und begannen fieberhaft zu rechnen. Sie wollten versuchen, möglichst genau den Tag zu berechen an dem sie ankommen würden. Merlin hatte also recht gehabt. Er hatte diesen Zeitabstand vermutet und auch dementsprechend das Datum für ihre

138

Heimkehr festgelegt. Sie wollten schon einige Monate Zeit haben in der Zukunft. Deshalb hatten sie den 01.07.1995 als Rückkehrdatum gewählt. Im Verließ der Sparrenburg.

Christoph kam als erster zu einem Ergebnis. Nach seinen Berechnungen würden sie am 12.02.1995 wieder zurückkommen. Mitten im Winter. Das könnte schön kalt werden, oben auf dem Kahlen Asten.

Sie schliefen nicht gerade viel in ihrer letzten Nacht in der Vergangenheit. Peter musste viel an Jenny und seine drei Kinder denken. Würde er sie wiedersehen? Würde wirklich alles so klappen wie sie sich das vorstellten? Er hatte doch noch einige Zweifel. Auch an der Vertrauenswürdigkeit des Bergzauberers. Wollte er ihnen wirklich helfen? Alles Rätselraten hatte jetzt keinen Sinn mehr. Sie hatten sich ihm anvertraut und dabei würde es bleiben. Sie hatten auch gar keine andere Wahl, wenn sie ihre Familien jemals wieder sehen wollten.

Am Morgen machten sich Peter und Christoph noch einmal auf zu einem langen Spaziergang durch die Wälder des Kahlen Asten. Sie erinnerten sich gerne an die vielen Tage die sie früher bereits hier verbracht hatten. Es waren schöne Erinnerungen die sie bereits gemeinsam hatten, und es wurden täglich mehr. Der Tag zog sich fürchterlich in die Länge. Sie hatten bereits Pläne gemacht, wie sie nach geglückter Rückkehr vorgehen wollten. Sie würden vom Astenturm aus Peters Großeltern in der Nähe anrufen. Die sollten sie abholen. Dann sollten sich alle bei ihnen sammeln. Dann konnten sie die ganze Geschichte erzählen. Sie hatten diverse Beweise für ihre Erzählungen mitgebracht. Das würde eine lange Nacht werden.

Dann war der Abend endlich gekommen. Der Bergzauberer bat sie ihn sein Labor. Die zwei Freunde fühlten sich ein wenig unbehaglich. Es war so, wie man sich ein typisches Hexenlabor vorstellen würde. Spinnweben und Fledermäuse in der Ecke und überall standen irgendwelchen Fläschchen und Tiegelchen auf den Regalen. „Stellt Euch in den magischen Kreis und fasst Euch an der Hand.", sagte er. Peter und Christoph taten wie geheißen. Dann begann der Magier

Worte in einer Sprache zu sprechen, die sie noch nie zuvor gehört hatten. Langsam bildete sich Nebel im ganzen Raum, bis sie sich selbst nicht mehr sehen konnten. Nur die Worte drangen weiter an ihre Ohren. Dann fühlten sie sich emporgehoben. Auch wenn der Nebel weiter um sie herum war, war ihnen als würden sie mit rasender Geschwindigkeit durch Zeit und Raum reisen. Dann wurde es dunkel um sie. Als sie wieder zu sich kamen, fanden sie sich auf einer kleinen Lichtung mitten im Wald wieder. „Geschafft?", fragte Christoph. Peter sah sich um ehe er antwortete: „Ich denke schon. Ich nehme an das hier früher die Hütte stand. Aber sind wir auch in der richtigen Zeit? Zumindest liegt hier schon mal Schnee. Das hatten wir uns ja auch ausgerechnet. Ein gutes Zeichen. Lass uns einfach nachsehen, ob wir den Astenturm finden." Sie marschierten los. Sie wollten einfach immer bergauf gehen. Dann mussten sie zwangsläufig den Gipfel und damit auch den Astenturm mit seiner Aussichtsplattform finden. So war es auch. Durch das Schneegestöber sahen sie auf einmal ein Auto auftauchen. Das erste Anzeichen einer richtigen Zivilisation. Kurz danach kam auch der Astenturm. Frierend aber glücklich traten die beiden ein. Und kauften eine Zeitung. Zum Glück hatten sie es nicht versäumt vor ihrer Abreise ihre alten Kleider wieder anzuziehen. Peter schlug das „Westfalen Blatt" auf und guckte zuerst auf das Datum: 13 Februar 1995. Sie hatten sich zwar um einen Tag verrechnet, aber sie waren wieder da. Mit einem lauten Jubelschrei fielen sich die zwei Heimkehrer in die Arme.

Sie suchten ein Telefon und wählten die Nummer von Peters Großeltern. Hoffentlich lebten sie noch. Und wenn ja, hoffentlich bekamen sie keinen Schock wenn sie ihn hörten. Sie hörten das Freizeichen im Hörer. Es klingelte einige Male ehe eine wohlbekannte Stimme sagte: „Amenda!?" Peter standen die Tränen in den Augen. Erst als seine Großmutter wiederholt mit einem „Hallo" nachfragte kam er zu sich und sagte: „Peter Pollmeier. Hei. Wir sind wieder da."

Kapitel 23

Sekundenlang war nichts zu hören, aber dann war Peters Großmutter nicht mehr zu halten. Minutenlang ergoss sie sich erst in Schimpftiraden über ihr Verschwinden und dann wechselte sie sekündlich in Erleichterungsäußerungen darüber, dass sie wieder da waren. Peter wurde sogar schon langsam das Kleingeld knapp, das er zum telefonieren brauchte. Er unterbrach sie abrupt: „Oma, hör mir jetzt bitte kurz zu. Schick bitte Opa zum Astenturm um uns abzuholen. Wir werden Euch dann alles erklären. Ruf bitte schon mal die ganze Sippe zusammen. Ich will nicht alles dreimal erklären. Bis gleich!", damit legte er auf. Dann war Christoph dran. Er rief seine Eltern an und nachdem er sich auch einiges anhören musste, beschrieb er ihnen den Weg zu Peters Großeltern. Dann warteten sie. „Weißt Du was mir gerade einfällt?", fragte Christoph, „Wir müssen jetzt etwas tun, was wir eigentlich verhindern wollten. Wir müssen zugeben, das wir verbotenerweise in die Gruft hinabgestiegen sind." „Weißt Du eigentlich wie egal mir das ist? Wir waren zehn Jahre in der Vergangenheit verschollen. Selbst hier sind zehn Monate vergangen. Glaubst Du ernsthaft dass das irgendjemanden stört. Die werden froh sein das wir wieder da sind. Vor allem wenn wir unsere Geschichte erzählt haben.", hielt Peter seinen Freund entgegen. Als Christoph etwas erwidern wollte, sah Peter auf einmal in eine andere Richtung. Da kam ein roter Audi den Berg hochgefahren. Peters Großvater. Er stieg aus und sah sich suchend um. Er erkannte sie aber nicht. Kein Wunder. Besonders Peter hatte sich sehr verändert. Die zehn Jahre in der Vergangenheit waren nicht spurlos an ihm vorüber gegangen. Er hatte die ersten Falten bekommen und sich einen Kinnbart wachsen lassen. Seine ehemalige Fülle war in den Kriegsjahren und durch tägliches Training in der Nachkriegszeit, einem stahlharten Körper gewichen. Aber das Gesicht an sich sollte eigentlich reichen. Er hatte nach wie vor das Standardgesicht seiner väterlichen Linie. Er nahm seinen Beutel vom Boden auf und ging langsam auf seinen Opa zu. Würde er sie erkennen. Vielleicht wenigstens Christoph? Er hatte sich eigentlich kaum verändert. Sein Großvater sah die beiden auf sich zukommen und guckte sie sich genauer an. Er war immer noch auf der Suche nach seinem fetten Enkel. Daher brauchte er auch sehr lange bis er zuerst Christoph erkannte. Nachdem er wusste dass Christoph da war, konnte Peter nicht weit sein. Also schaute er der zweiten Person auch genauer ins Gesicht. Jetzt endlich erkannte er seinen Enkel. So schnell ihn seine Beine trugen, kam er auf ihn zu und schloss ihn in die Arme. Peter rannen Freudentränen die Wange herunter. Sein Opa hatte ihn also erkannt. „Mein Gott Junge, Du siehst aus, als wärst Du zehn Jahre älter geworden.", sagte Opa Amenda. „Du glaubst gar nicht wie recht Du damit hast. Aber das ist eine lange Geschichte. Lass uns erst einmal losfahren.", antwortete Peter. Sie gingen zum Auto. Währenddessen warf sein Großvater Peter den Autoschlüssel zu. Peter fing ihn und starrte ihn entgeistert an. Er war zehn Jahre nicht mehr gefahren. Aber sein Führerschein war hier natürlich noch gültig. Warum also nicht? Er stieg ein und fuhr los. Anscheinend ist das wie Fahrrad fahren. Man verlernt es nie. Peter lächelte über das ganze Gesicht. Nie hatte ihm das Autofahren soviel Spaß gemacht. Er genoss den Geschwindigkeitsrausch. „Jetzt merke ich erst wie sehr mir das gefehlt hat.", sagte er, als er gerade eine enge Kurve mit zu hoher Geschwindigkeit nahm. Sein Opa klammerte sich an den Haltegriffen fest und lächelte gequält.

Als sie nach 15 Minuten Fahrt endlich Siedlinghausen erreichten, war Peters Opa kreidebleich geworden. Er hatte seinen Großmut wahrscheinlich inzwischen bereut.

„Tja", sagte Christoph", das hat sich ein wenig verändert, seit wir vor ein paar Tagen hier waren." Opa Amenda sah verwirrt in die Runde und verstand inzwischen kein Wort mehr und begann an dem Verstand der beiden Zeitritter zu zweifeln. Sie betraten das Haus und sahen Peters Großmutter das erste Mal seit zehn Jahren. Egal wie sehr er sich verändert hatte, sie erkannte ihren Enkel sofort und fiel ihm um den Hals.

Sofort setzten ihre Gluckenhaften mütterlichen Instinkte ein. Sie bugsierte die beiden an den Esstisch und legte los. Sie tischte auf, was Küche und Keller zu bieten hatten. Die beiden Freunde genossen es sichtlich. Mal wieder Cola und Cappuccino trinken. Peter nahm sich in diesem Moment vor, einen großen Vorrat davon mit in die Vergangenheit zu nehmen.

Nach und nach trudelten alle Verwandten ein. Erst Peters Eltern und seine Schwester. Dann seine Tanten und Onkel. Christophs Eltern brauchten etwas länger, denn sie kannten den Weg nicht so gut. Aber irgendwann kamen auch sie. Es dauerte bis zum späten Abend, bis sie alle die vermissten Söhne ausgiebig abgeknutscht hatten. Nach dem Abendessen versammelten sich alle im großen Wohnzimmer und warteten gespannt auf Christophs Erzählung. „Tja, begann er, „eigentlich fing alles damit an, dass wir vor meinem Vater flüchten mussten." Alle Blicke wanderten zu ihm, obwohl er sich keiner Schuld bewusst war. Dann begann Christoph. Er kam nach und nach richtig in Fahrt. Unterstützt durch Peters Hinweise, wenn er etwas vergessen haben sollte. Vom Flucht durch den Tunnel bis zur Kerkerhaft in der Sparrenburg. Die Kriege, die Hochzeiten und die Bündnisse. Nichts wurde ausgelassen. Auch Peters Freundschaft zu einem Drachen wurde nicht verschwiegen. Je mehr sie die Jahre passieren ließen, desto mehr wurden es endlose Monologe. Nach den Kriegen hatte jeder mehr oder weniger sein eigenes Leben geführt. Mit eigenen Anekdoten und Erinnerungen. Sie erzählten sie alle. Nach und nach holten sie die kleinen mitgebrachten Beweise aus ihren Beuteln. Münzen mit ihrem Konterfei. Gemalte Bilder der Familien. Es war das erste Mal das ihre Eltern die Schwiegertöchter und Enkelkinder sahen. Sie erzählten die ganze Nacht hindurch. Erst früh am Morgen legten sie sich alle schlafen. Allerdings, nicht ohne zuvor ihren Familien den Grund für die Heimkehr zu sagen. Sie alle wollten ausgiebig darüber nachdenken, ob sie mitkommen oder bleiben sollten.

Gegen Mittag machten sie sich alle auf den Heimweg. Sie hatten ja noch gut vier Monate Zeit sich ausgiebig weiter zu unterhalten.

Während Christoph mit seinen Eltern nach Hause fuhr, bat Peter seine Eltern mit seiner Schwester nach Haus zu fahren und ihm für einen Tag den Wagen zu leihen. Er wollte noch einen Besuch machen. In all den Jahren hatten ihm zwei Personen besonders gefehlt. Seine beste Freundin Nicola und sein Freund Achim. Er wollte sie beide besuchen und auch ihnen das Angebot machen, ihn zu begleiten. Nicola wohnte in einem kleinen Ort in der Nähe des örtlichen Flughafens. Die Strasse war schneebedeckt und der Wagen seiner Eltern hatte arge Probleme den schrecklichen Berg zum „Winkel" hochzukommen. Mit zitternden Knien stand er vor der Tür. Als er schon klingeln wollte, bemerkte er dass ein anderer Name auf dem Schild stand. Grausen befiel ihn. Wie sollte er sie jetzt kurzfristig finden. Plötzlich fiel ihm ein, dass Nicolas Tante Gertraud gegenüber wohnt. Hoffentlich war sie nicht auch umgezogen. Er hatte Glück. Er klingelte, und Sarah machte auf. Nicolas Cousine. Sofort befielen ihn wieder die Schmetterlinge im Bauch, als er sie sah. Vor seinem Trip in die Vergangenheit war sie seine große Liebe gewesen. Er hatte es allerdings nie übers Herz gebracht es ihr zu sagen. Sie war einfach zu schön um auch nur ein Auge für ihn übrig zu haben. Vielleicht war es ein Fehler gewesen es ihr nie zu sagen. Er fragt sich immer noch, ob aus ihnen nicht ein Paar hätte werden können. Vielleicht wäre er dann nie in der Vergangenheit gelandet, denn er wäre bestimmt an dem Abend bei ihr gewesen. Aber es war müßig darüber nachzudenken. Heute war er glücklich verheiratet. Mit einer Frau, die eine nicht zu leugnende Ähnlichkeit mit Sarah hatte. Das gab ihm dann aber doch ein wenig zu denken. All das ging ihm in Sekundenbruchteilen durch den Kopf, bevor er sagte: „Hei Sarah. Wie geht es Dir?" Er ließ die Worte wirken. Es dauerte aber nicht all zu lange, bis sie ihn erkannte. Sie strahlte auf einmal bis über beide Ohren und nahm ihn kurz in den Arm. Sie wusste sofort was er wollte: „Du suchst Nico, richtig? Sie sind nicht weit weg. Sie sind vor ein paar Wochen ans andere Dorfende gezogen. Ich beschreibe es Dir." Das tat sie dann auch. Mit einem gekonnten

Handkuss verabschiedete Peter sich von Sarah und machte sich auf den Weg.

Zwischenbericht Peter Pollmeier

„Ein schönes Haus, haben sie sich da besorgt.", dachte ich so bei mir, als ich die zwei Stufen zur Veranda hochging. Ich klingelte und hörte eine Mädchenstimme rufen: „Wer ist da?" „Peter Pollmeier", antwortete ich. Ich freute mich endlich die Mäuse wieder zu sehen. Nach ihnen hatte ich meine Zwillinge getauft.
Ich hoffte, sie würden mich sofort erkennen. Kinder haben ein Gespür für so was. Lena öffnete die Tür. Sie stutzte kurz und fiel mir dann aber sofort um den Hals. Auch Sophie kam dazu und hängte sich mir sofort ans Bein. Ich hob sie hoch und hielt jetzt beide Kinder im Arm. Ich genoss diesen Augenblick in vollsten Zügen. Plötzlich öffnete sich die Küchentür und Nico kam zur Haustür. Sie wollte mich anscheinend gerade auffordern, ihre Kinder loszulassen, als sie mich erkannte. Ich konnte gerade noch rechtzeitig die Kinder absetzen, bevor sie mir um den Hals fiel. Minutenlang hielten wir uns einfach nur im Arm. Jetzt erst fühlte ich mich wieder richtig wohl in meiner Haut. Stundenlang berichtete ich von meinen Abenteuern. Zwischendurch kam dann auch ihr Mann Detlef nach Hause und traute seinen Augen genauso wenig wie vorher seine Frau. Bevor ich ging, unterbreitete ich auch ihnen mein Angebot. Ich rief noch kurz bei Christoph an und verabredete mich mit ihm bei unserem gemeinsamen Freund Achim. Er sollte mein Finanzchef werden. Nachdem ich seinen Namensvetter Achim von Avenwedde ja wegbefördert hatte. Um 20.00 trafen wir uns bei ihm zu Hause. Von allen, hat er uns am schnellsten erkannt. Es war fast, als wären wir nie weg gewesen. Es erklärte sich allerdings schnell, denn er hatte auf Umwegen bereits von unserer Rückkehr gehört. Da er im gleichen Dorf wohnt, wie Christophs Eltern, hätten wir das erwarten können. Von Achim erhielt ich die schnellste Entscheidung. Er sagte sofort zu, uns zu begleiten. Er war auch Single und zu jeder

Schandtat bereit. Wir redeten die ganze Nacht hindurch und übernachteten bei Achim. Erst am nächsten Morgen fuhr ich zu meinen Eltern zurück. Sie machten sich schon wieder Sorgen, das ich gleich wieder abgehauen wäre. Jetzt musste ich noch die Fragen der ganzen Nachbarschaft über mich ergehen lassen. So sehr ich diese Nachbarschaft ja liebte, in diesem Moment hätte ich gerne mal ein wenig Ruhe gehabt. Trotzdem war es schön alle wieder zu sehen.

Die Zeit verflog viel zu schnell. Ich hatte alles geregelt, was es zu regeln gab. Ich hatte alle Freunde zigmal besucht und mich inzwischen auch vernünftig von ihnen verabschiedet. Alles Finanzielle war geregelt. Ich hinterließ keine Altlasten in dieser Zukunft, die meine Vergangenheit war. Jetzt wurde es für unsere Eltern Zeit, sich zu entscheiden. Wir riefen alle zusammen, die uns begleiten sollten. Von einigen hatte ich die Antwort schon. Jetzt musste sich der Rest entscheiden. Sie taten es auch: Meine Eltern wollten bleiben. Mein Vater glaubte an seine politische Zukunft und wollte sie nicht vergeuden. Meine Schwester wollte auch bleiben und dementsprechend blieb meine Mutter selbstverständlich auch beim Rest der Familie. Christophs Eltern kamen allerdings mit. Auch seine ledige Schwester wollte ihr Glück in der Vergangenheit suchen. Genauso wie Henrys Eltern. Wir hatten ihnen alles erklärt und ihnen Henrys Brief überbracht. Sie wollten ihn wiedersehen. Meine Freundin Nicola wollte leider in ihrem Leben bleiben. Bedauerlich aber verständlich. Aber Achim blieb bei seiner Entscheidung. Auch mein Freund Christian wollte mich begleiten. Als Offizier in der Bundeswehr hatte er viel Kampferfahrung. Er sollte General Franz unterstützen und eines Tages seinen Platz an meiner Seite einnehmen. Wir kamen also zu zweit und gingen zu zehnt. Der Tag des Abschieds war jetzt da.

Ende Zwischenbericht Peter Pollmeier

Peters Eltern hatten einen Kleinbus gemietet, um alle zur Sparrenburg zu bringen. Sie alle konnten nur das nötigste mitnehmen. Einige Andenken, mehr nicht. Unterwegs berichtete Peter von seinen Bedenken: „Wir haben uns gar nicht überlegt, was passiert wenn das Verließ verschlossen sein sollte Ich habe Henry sicherheitshalber einen Brief geschrieben, den ich im Notfall durch die Gitterstäbe werfen werde. Aber hoffen wir mal das es nicht dazu kommen wird." Die anderen teilten seine Bedenken nicht. Sie sollten eines Besseren belehrt werden. 20.00 Uhr war mit Merlin ausgemacht worden. Jetzt würde es sich zeigen, wie gut er wirklich war. Sie kamen alle die Treppe zum Verließ herunter. Sie waren spät dran. Keiner hatte mit so einem dichten Verkehr gerechnet. Auch die Verabschiedung von Peters Eltern hatte viel Zeit in Anspruch genommen. Sie kamen um die letzte Ecke und stand vor dem berühmt berüchtigten Gitter. Ein lautes „Nein!!!" kam von Christoph. Er hatte kaum ausgesprochen da bemerkten sie eine Luftverwirbelung, die immer größer wurden. Da war es. Ihr Tor nach Hause. Wenigstens reagierte Peter rechtzeitig, und warf seinen Brief durch das Gitter in den Zeitstrom. Er verschwand in einem blauen Leuchten. Jetzt war Henry ihre letzte Hoffnung.

Kapitel 24

Zwischenbericht König Henry III von Bielefeld

Wir standen im Halbkreis um die Zeitschleuse herum. Merlin stand in der Mitte und reckte die Arme in den Himmel. Oder besser gesagt bis fast an die Decke. Ich erwartete jeden Moment die Rückkehr meiner Freunde. Ihre Familien standen um mich herum und blickten hoffnungsvoll in die Luftverwirbelungen die den Durchgang in die Zukunft begleiteten. Das Tor stand jetzt schon fast eine Minute und noch immer war niemand hindurchgekommen. Plötzlich intensivierte sich das blaue Flackern an den Rändern. In der Mitte blitzte es kurz auf und ein Brief flatterte langsam auf den Boden. Genau wie mir, war auch Merlin sofort klar was das bedeutete: Irgendetwas in der Zukunft verhinderte die Rückkehr meiner Freunde. Merlin senkte die Arme und die Zeitschleuse fiel in sich zusammen. Hinter mir hörte ich die Frauen verzweifelt nach ihren Männern rufen. Ich selbst brauchte auch erst einmal einen Moment, bevor ich auf das nahe liegende kam: Den Brief zu öffnen. Ich machte zwei Schritte darauf zu, und zögerte dann kurz. Warum weiß ich selbst nicht so genau. Was sollte mich schon anderes erwarten, als ein Stück Papier. Vielleicht hatte ich Angst vor dem was drinstand. Nichtsdestotrotz hob ich den Brief auf und öffnete ihn. Als ich zu lesen begann, wurde es sofort ruhig um mich herum:

Lieber Henry
Meine geliebte Jenny

Wenn ihr diesen Brief lest, ist uns irgendetwas dazwischen gekommen. Ich weiß auch nicht genau was, aber meine Befürchtung ist, das das Verließ vergittert wurde. Wahrscheinlich ist auch das eingetreten. Daher habe ich wohlweislich diesen Brief verfasst. Jetzt ist es an Euch, einen Weg für uns zurück zu finden. Wir verlassen uns jetzt voll und ganz auf Dich, Henry. Deine Eltern sind übrigens auch bei uns und wollen mitkommen. Wir sind insgesamt zehn Leute. Macht einen neuen Termin aus. Irgendwo, wo wir auch heute noch hinkommen. Jetzt stellt sich nur die Frage: Wie erfahren wir davon? Ich fürchte, mein lieber Freund, du wirst kommen müssen. Wenn möglich, bring auch meine Familie mit. Meine Eltern bleiben in ihrer Zeit, und es wäre schön wenn sie ihre Enkelkinder wenigstens einmal kurz kennen lernen könnten. Wir erwarten dich in der Zukunft. All unsere Hoffnungen ruhen jetzt auf Dir.

In tiefer Freundschaft.

Peter von Varensell

Langsam ließ ich den Brief sinken. Ich wusste was diese Mitteilung bedeutete. Ich musste zum Bergzauberer und ihn bitten auch mich und evtl. Peters ganze Familie in die Zukunft zu schicken. Ich drehte mich zu Jennifer und sah sie fragend an. Sie blickte mich mit starkem Blick aus ihren verweinten Augen an und sagte: „Lass uns packen und aufbrechen. Holen wir meinen Mann zurück an meine Seite. Ich werde seinem Wunsch entsprechen und die Kinder mitnehmen. Also los.", damit drehte sie sich um und begann die Reise vorzubereiten.

Ende Zwischenbericht König Henry III von Bielefeld

Fast zwei Tage brauchten sie bis alles gepackt war. Jennifer und die Kinder sollten in einer geräumigen Kutsche reisen während Henry lieber selbst reiten wollte. Früh am Morgen brachen sie auf...........

.........Die kleine Reisegruppe hatte sich mittlerweile bei Peters Eltern einquartiert. Sie hatten als einzige noch ein Haus. Alle anderen waren inzwischen weitervermietet worden. Jetzt warteten sie alle gespannt die folgenden Tage ab. Würde Henry kommen und sie zurückholen?

Oder waren sie jetzt für immer in der Zukunft und damit in ihrer eigenen Vergangenheit gefangen. Die Tage wurden zur Qual. Die Wohnverhältnisse waren fürchterlich eng für so viele Leute. Unmut machte sich breit und die ersten wollten schon versuchen in ihr altes Leben zurückzukehren. Peter hatte sich ausgerechnet, das Henry etwa 10 Tage brauchen würde um zu ihnen zu kommen. Als er nach 14 Tagen noch immer keine Nachricht hatte, machte sich auch in ihm die Verzweifelung breit. Er konnte nicht ahnen, mit was für Schwierigkeiten Henry zu kämpfen hatte........

............Mit der Kutsche brauchten sie deutlich länger, als zu Pferd. Insgesamt 12 Tage waren sie unterwegs, ehe sie die Hütte des Bergzauberers auf dem Gipfel des Kahlen Asten erreicht hatten. Katharina empfing sie bereits draußen auf dem Hof und fiel ihrem ehemaligen Geliebten um den Hals. Sie hatten sich seit Jahren nicht mehr gesehen. Auch ihr Vater empfing sie sofort, aber er war inzwischen schwer erkrankt und man merkte, wie schwer ihm das sprechen fiel als er sagte: „Verehrter König. Ich freue mich Euch zu sehen. Es gibt mir die Gelegenheit mich für das zu entschuldigen, was ich Euch angetan habe. Ich hoffe ihr könnt mir verzeihen. Ich weiß inzwischen das Ihr ein guter Mensch seid und immer sein werdet. Aus Eurer Anwesenheit schließe ich, dass Euren Freunden etwas zugestoßen ist und ihr auch zurück in die Zukunft wollt. Richtig?" „Ja", antwortete Henry, "das ist richtig. Durch widrige Umstände wurde ihre Rückkehr verhindert. Wenigstens konnten sie mir eine Botschaft zukommen lassen. Die Frau an meiner Seite ist die Frau von Peter von Varensell und seine Kinder. Seine Eltern möchten ihn nicht begleiten. Daher nutzen wir die Gelegenheit, sie ihnen vorzustellen." „Diese Umstände sind sehr bedauerlich. Aber ich muss Euch sagen, das es das letzte Mal sein wird das Ihr in die Zukunft reisen könnt. Ich werde bald sterben. Wenn ich den Kraftakt auf mich nehme Euch alle dorthin zu schicken, wird es mein Ende sein. Aber ich bin dazu bereit, um meine Schuld wieder gut zu machen. Aber ich brauche noch einige Tage Zeit um meine Kraft zu sammeln. In drei Tagen werdet ihr zurückkehren können. Jetzt lasst mich ruhen." Damit endete der alte Mann. So zogen sich die Tage weiter dahin, während Peter und Christoph auf ihre Retter warteten. Die drei Tage vergingen quälend langsam, aber irgendwann geht auch die längste Wartezeit vorbei. Henry, Jenny und die drei Kleinen versammelten sich im Labor des Bergzauberers. Gestützt auf die Schultern seiner Tochter ging er langsam bis in die Mitte des Raumes und begann die Formel zu sprechen. Wie zuvor schon bei Christoph und Peter kam langsam der Nebel auf und die Zeitschleuse begann sich aufzubauen. Als die fünf Zeitreisenden im Zeitnebel verschwanden, stöhnte der alte Mann noch einmal laut auf vor Erschöpfung und starb.......

.... Christoph war inzwischen überzeugt davon, das Henry nicht kommen würde. Auch bei Peter war die Verzweifelung riesig. Sollte ihr Trip zurück in die Zukunft wirklich das letzte Abenteuer sein. Würden sie ihre Familien und ihre Herzogtümer jemals wiedersehen? Henrys Eltern hatten bereits aufgegeben, und waren zu ihrem anderen Sohn zurückgekehrt. Auch die anderen waren kurz davor. Am späten Nachmittag klingelte es an der Tür. Peters Vater machte auf. „Hat hier jemand ein Taxi in die Vergangenheit bestellt?", fragte Henry scheinheilig. Peters Vater schüttelte ungläubig den Kopf. Aber auch Peter hatte die Stimme gehört. Er kam aus dem Wohnzimmer gestürzt und fiel seinem Freund um den Hals. Dann entdeckte er seine Frau und seine Kinder hinter ihm. Vor lauter Wiedersehensfreude hätte er sie bald unter sich begraben. Peter lotste sie herein und stellte seine Familie seinen Eltern vor. Seine Mutter war hin und weg. Sie sah jetzt zum ersten Mal ihre Enkelkinder und ihre Schwiegertochter. Der Abschied würde ihr sehr schwer fallen. Das wusste Peter bereits im ersten Augenblick. 14 Tage hatten sie jetzt noch Zeit. Diesmal sollte die Abreise in der Kapelle der Sparrenburg stattfinden. Die inzwischen auf 15 Leute gewachsene Reisegruppe hatte die Kapelle für eine private Messe gemietet.

Bereits 2 Stunden vor der Zeit waren alle versammelt. Das war ihre letzte Chance, wieder in die Vergangenheit zurück zu kehren.

Kapitel 25

Die Zeitschleuse baute sich langsam aber sicher auf. „Es ist soweit. Also los. Rein mit Euch!", rief Peter den Freunden und Verwandten entgegen. Sie zögerten erst noch und trauten sich nicht so recht. Also machte Peter kurzerhand den Anfang. Er sprang in die Zeitschleuse.......
.... und schlug hart auf dem Fußboden auf. Er sah sich um, und erkannte die Kapelle wie sie in der Vergangenheit war. Der Altar war von Kerzen beleuchtet und die erste die er sah, war Caroline, Christophs Frau. Peter rollte sich zur Seite und stand auf. Da kamen auch schon Henrys Eltern durch das Tor. Nach und nach kamen alle an und sammelten sich in der kleinen Kapelle. Nach 5 Minuten waren alle durch das Tor gekommen und allen ging es gut. Die Rückkehr war geschafft.

Abschlussbericht Christoph Stollmann

Die erste Nacht zurück in der Vergangenheit war vorbei. Wir waren alle noch auf der Sparrenburg und erholten uns von den Strapazen. Aber heute wollten wir aufbrechen und in unsere kleinen Reiche zurückkehren. Die Gruppen verteilten sich. Peter fuhr mit Jenny, den drei Kleinen sowie seinem neuen Finanzchef Achim und seinem neuen militärischen Berater Christian nach Varensell. Henry brachte seine Eltern in ein kleines Palais im Wald und ich fuhr mit meinen Eltern und meiner Schwester zurück nach Schloss Holte.
Als wir dort ankamen, wurde uns sofort meine Tochter Melanie gebracht. Es war das erste Mal das meine Eltern ihre Enkeltochter sahen. Ich konnte das Glück in ihren Augen sehen. Ich war sehr glücklich darüber, dass sie mich begleitet hatten. In diesem Augenblick musste ich an Peters Eltern denken. An den Ausdruck in ihrem Gesicht, als sie ihre frisch kennen gelernten Enkelkinder wieder abgeben mussten. Ich hatte den Eindruck, dass zumindest Peters Mutter in diesem Moment erwog, doch mit uns zu kommen.

Aber leider blieb es bei Ihrer Entscheidung. Am Abend kam mein Vater zu mir, legte mir seine Hand auf meine rechte Schulter und sagte: „Mein Sohn, ich bin stolz auf Dich. Du hast Dir hier ein Leben und eine Familie aufgebaut wie ich es nicht erwartet hätte. Wer weiß was diese Zeit noch an Abenteuern für uns bereit hält?" Ich lächelte nur leise vor mich hin und machte mir ähnliche Gedanken. Was würden wir in dieser Welt noch erleben? Die Antwort kennt nur die Zukunft.... oder die Vergangenheit?

Epilog

Herzog Christoph vom Holter Land bekam keine weiteren Kinder mehr. Seine Tochter Melanie heiratete später den zukünftigen König Henry IV. Bielefeld und Schloss Holte wurden wieder zu einem Königreich vereint.

Henry und Susanne bekamen noch zwei Mädchen.

Christophs Schwester Daniela heiratete den Militärattache von Varensell: Peters Freund Christian.

Peter ging noch auf einen Eroberungsfeldzug. Er setzte alles auf eine Karte und eroberte in einem langen Krieg das Fürstentum Paderborn. Er einigte die Reiche und ließ sich zum König über das Königreich Paderborn-Varensell krönen. Bevor er starb begann er mit dem Bau der Wewelsburg in den Bürener Bergen bei Paderborn. Die Fertigstellung erlebte er aber nicht mehr. Sein Sohn Bernd führte die Hierarchie weiter. Er wurde 1698 bei einem Attentat getötet. Danach löste sich das Königreich schnell wieder auf.

Der Drache Drako zog sich nach Peters Tod aus Varensell zurück. Man hat nie wieder etwas von ihm gehört.

Peters Vater schaffte seine politische Karriere.

Christophs und Henrys Eltern zogen zusammen in ein großes Stadtpalais und verlebten dort geruhsam ihren Lebensabend.

Die Spur der Time Knights OWL verliert sich schnell im Lauf der Geschichtsschreibung. Aber ihre Abenteuer werden unvergessen bleiben.

Zeittafel

1. Tag	10.04.1994
Ankunft in der Vergangenheit	15.08.1629
Aufbruch zum Drachen Drako	17.09.1629
Ankunft beim Sennezauberer	21.09.1629
Ankunft beim Grafen von Detmold	23.09.1629
Ankunft an der Drachenhöhle	25.09.1629
Angriff auf Lage	28.09.1629
Angriff und Sieg über Waldemar den Geisteskranken	01.10.1629
Rückkehr nach Bielefeld	03.10.1629
Hochzeiten von Peter und Christoph	05.10.1629
Belagerung von Varensell	06.10.1629
Schlacht um Varensell	11.10.1629
Bündnisvertrag zwischen den Reichen	14.10.1629
Krönung von Henry IV	01.01.1630
Eröffnung des Varenseller Parks	03.06.1630
Geburt von Bernd von Varensell	04.06.1630
Tod von Melanie von Varensell	16.06.1630
Geburt von Melanie vom Holter Land	18.06.1630
Taufe von Melanie vom Holter Land	02.07.1630
Erstes Treffen zwischen Peter und Jennifer	02.09.1630
Angriff auf Schloss Holte	09.09.1630
Beginn der Belagerung von Schloss Holte	15.09.1630
Angriff der alliierten Truppen auf Gütersloh	21.09.1630
Rückkehr nach Varensell	28.09.1630
Ausrufung des Großherzogtums Varensell	18.10.1630
Verlobung zwischen Peter und Jennifer	21.10.1630
Hochzeit zwischen Peter und Jennifer	15.08.1631
Beschluss zur Rückkehr in die Zukunft	16.07.1639
Aufbruch zum Bergzauberer	16.08.1639
Ankunft auf dem Kahlen Asten	23.08.1639
Aufbruch in die Zukunft	24.08.1639
Ankunft in der Zukunft	13.02.1995
Verpasste Rückkehr in die Vergangenheit	01.07.1995
Endgültige Rückkehr in die Vergangenheit	05.08.1995